SIGMUND FREUD

La Guérison par l'esprit

Né à Vienne en 1881, fils d'un industriel, Stefan Zweig a pu étudier en toute liberté l'histoire, les belles-lettres et la philosophie. Grand humaniste, ami de Romain Rolland, d'Émile Verhaeren et de Sigmund Freud, il a exercé son talent dans tous les genres (traductions, poèmes, romans, pièces de théâtre) mais a surtout excellé dans l'art de la nouvelle (*La Confusion des sentiments, Vingt-quatre heures de la vie d'une femme*), l'essai et la biographie (*Marie-Antoinette, Fouché, Magellan*...). Désespéré par la montée du nazisme, il fuit l'Autriche en 1934, se réfugie en Angleterre puis aux États-Unis. En 1942, il se suicide avec sa femme à Petropolis, au Brésil.

STEFAN ZWEIG

Sigmund Freud

La Guérison par l'esprit

TEXTES TRADUITS DE L'ALLEMAND
PAR ALZIR HELLA ET HÉLÈNE DENIS-JEANROY

LE LIVRE DE POCHE

Titre original :

DIE HEILUNG DURCH DEN GEIST
Insel Verlag, Zurich, 1931

Correcteur d'imprimerie, syndicaliste et anarchiste, Alzir Hella (1881-1953) fut à la fois le traducteur, l'agent littéraire et un ami très proche de Stefan Zweig, qu'il contribua à faire connaître en France. Comme l'a écrit Dominique Bona, « Alzir Hella accomplira au service de l'œuvre de Zweig un travail considérable pendant de longues années, et lui amènera un de ses publics les plus enthousiastes ». Alzir Hella traduisit également d'autres auteurs de langue allemande, notamment *À l'ouest rien de nouveau* d'Erich Maria Remarque.

Sigmund Freud est extrait de *La Guérison par l'esprit*, publié dans sa version intégrale au Livre de Poche, « Biblio-Essais », n° 4338.

« Sur le cercueil de Sigmund Freud » est extrait d'*Hommes et destins*, Le Livre de Poche, n° 14918.

À Albert Einstein,
respectueusement.

INTRODUCTION

> Chaque trouble de la nature est le
> rappel d'une patrie plus haute.
>
> NOVALIS.

La santé, pour l'homme, est une chose naturelle,
la maladie une chose antinaturelle. Le corps en jouit
aussi naturellement que le poumon jouit de l'air et l'œil
de la lumière. La santé vit et croît silencieusement en
l'homme en même temps que le sentiment général de
la vie. La maladie, au contraire, s'introduit subitement
en lui comme une étrangère, se rue à l'improviste sur
l'âme effrayée et agite en elle une foule de questions.
Car puisque cet ennemi inquiétant vient du dehors, qui
l'a envoyé ? Se maintiendra-t-il, se retirera-t-il ? Peut-
on le conjurer, l'implorer ou le maîtriser ? Les griffes
aiguës de la maladie suscitent au cœur de l'homme les
sentiments les plus opposés : crainte, confiance, espérance, résignation, malédiction, humilité et désespoir.
La maladie pousse le malade à questionner, à penser
et à prier, à lever dans le vide son regard épouvanté
et à inventer un être vers qui il puisse se tourner dans
son angoisse. C'est la souffrance tout d'abord qui a
créé chez l'homme le sentiment de la religion, l'idée
de Dieu.

La santé étant l'état normal de l'homme ne s'explique pas et ne demande pas à être expliquée. Mais tout être qui souffre cherche à découvrir le sens de sa souffrance. La maladie s'emparerait-elle de nous sans cause ? Notre corps serait-il incendié par la fièvre sans faute de notre part, les fers brûlants de la douleur fouailleraient-ils nos entrailles sans but et sans raison ? Cette idée effrayante de l'absurdité totale de la souffrance, chose qui suffirait pour détruire l'ordre moral de l'univers, jamais l'humanité n'a osé la poursuivre jusqu'au bout. La maladie lui paraît toujours envoyée par quelqu'un, et l'être inconcevable qui l'envoie doit avoir ses raisons pour la faire pénétrer précisément dans tel ou tel corps. Quelqu'un doit en vouloir à l'homme qu'elle atteint, être irrité contre lui, le haïr. Quelqu'un veut le punir pour une faute, pour une infraction, pour un commandement transgressé. Et ce ne peut être que celui qui peut tout, celui qui fait éclater la foudre, qui répand sur la terre le froid et la chaleur, qui allume ou voile les étoiles, LUI, le Tout-Puissant : Dieu. C'est pourquoi, dès le début, le phénomène de la maladie est indissolublement lié au sentiment religieux.

Les dieux envoient la maladie, les dieux seuls peuvent la faire partir : cette pensée se dresse, immuable, à l'aube de toute médecine. Encore inconscient de son propre savoir, pauvre, impuissant, faible et solitaire, l'homme primitif, en proie à l'aiguillon de la maladie, ne voit rien d'autre à faire que d'élever son âme vers le dieu magicien, que de lui crier sa souffrance, en le suppliant de l'en délivrer. Le seul remède qu'il connaisse est l'invocation, la prière, le sacrifice. On ne peut pas se défendre contre Lui, le tout-puissant, l'invincible caché derrière les ténèbres : il ne reste donc qu'à s'humilier, à implorer son pardon, à le supplier de retirer la douleur qui tourmente la chair. Mais comment atteindre l'Invisible ? Comment parler à celui dont on ne connaît pas la demeure ? Comment lui donner des preuves de son remords, de sa soumission, de sa volonté de sacrifice ? Le malheureux l'ignore, comme il ignore tout. Dieu ne se révèle pas à lui ; il ne se penche pas sur son humble existence, ne prête pas l'oreille à sa prière, ne daigne pas lui donner de réponse. Alors, dans sa détresse, l'homme impuissant et désemparé doit faire appel à un autre homme, plus sage, plus expérimenté, qui connaît les formules magiques susceptibles de conjurer les forces ténébreuses, d'apaiser les puissances irritées, pour servir d'intermédiaire entre lui et Dieu. Et cet intermédiaire au temps des cultures primitives est toujours le prêtre.

Lutter pour la santé, aux premiers âges de l'humanité, ne signifie donc pas combattre sa maladie, mais lutter pour conquérir Dieu. Toute médecine au début n'est que théologie, culte, rite, magie, réaction psychique de l'homme devant l'épreuve envoyée par Dieu. On oppose à la souffrance physique non pas une technique, mais un acte religieux. On ne cherche pas à connaître la maladie, on cherche Dieu. On ne traite pas les phénomènes de la douleur, mais on s'efforce de les expier, de les écarter par la prière, de les racheter à Dieu par des serments, des cérémonies et des sacrifices, car la maladie ne peut s'en aller que comme elle est venue : par voie surnaturelle. Il n'y a qu'une santé et qu'une maladie et cette dernière n'a qu'une cause et qu'un remède : Dieu. Entre Dieu et la souffrance il n'y a qu'un seul et même intermédiaire : le prêtre, à la fois gardien de l'âme et du corps. Le monde n'est

pas encore divisé, partagé, la foi et la science n'ont
pas cessé de se confondre : on ne peut se délivrer de
la douleur sans rite, prière ou conjuration, sans faire
entrer en jeu simultanément toutes les forces de l'âme.
C'est pourquoi les prêtres, maîtres des démons, confi-
dents et interprétateurs des rêves, eux qui sont renseignés sur la marche mystérieuse des astres, n'exercent
pas leur art médical comme une science pratique, mais
exclusivement comme un mystère religieux. Cet art
qui ne s'apprend pas, qui ne se communique qu'aux
initiés, ils se le transmettent de génération en génération ; et, bien que l'expérience leur ait beaucoup
appris sous le rapport médical, jamais ils ne donnent
de conseil purement pratique : toujours ils exigent la
guérison-miracle, des temples, la foi et la présence
des dieux. Le malade ne peut obtenir la guérison sans
que l'âme et le corps soient purifiés et sanctifiés ; les
pèlerins qui se rendent au temple d'Épidaure, voyage
long et pénible, doivent passer la veille en prières, se
baigner, sacrifier chacun un animal, dormir dans la
cour du temple sur la peau du bélier immolé et conter
au prêtre les rêves de la nuit afin qu'il les interprète :
alors seulement il leur accorde, en même temps que
la bénédiction religieuse, l'aide médicale. Mais le premier gage de toute guérison, le gage indispensable, est
l'élévation confiante de l'âme vers Dieu ; celui qui veut
le miracle de la santé doit s'y préparer. La doctrine
médicale, à ses origines, est indissolublement liée à la
doctrine religieuse ; au commencement, la médecine
et la théologie ne font qu'un.

Cette unité du début ne tarde pas à être brisée. Pour
devenir indépendante et pour pouvoir servir d'intermédiaire pratique entre la maladie et le malade, la science
doit dépouiller la souffrance de son origine divine et

exclure comme superflues les pratiques religieuses : prière, culte, sacrifice. Le médecin se dresse à côté du prêtre et bientôt contre lui – la tragédie d'Empédocle – et en ramenant le mal du domaine surnaturel dans la sphère des phénomènes naturels, il cherche à éliminer le trouble de la nature au moyen de ses éléments extérieurs, ses herbes, ses sucs et ses minéraux. Le prêtre se borne au culte et ne s'occupe plus de soins médicaux ; le médecin renonce à toute influence psychique, au culte et à la magie : les deux courants suivent désormais des voies distinctes. Par suite de cette grande rupture de l'ancienne unité, les éléments de la médecine acquièrent immédiatement un sens et un aspect tout à fait nouveaux. En premier lieu, le phénomène psychique général dénommé « maladie » se divise en d'innombrables maladies isolées, déterminées, classées. Par là, son existence en quelque sorte se sépare de la personnalité psychique de l'individu. La maladie n'est plus un phénomène qui s'attaque à l'homme tout entier, mais seulement à un de ses organes (Virchow, au congrès de Rome, dit : « Il n'y a pas de maladies générales, mais seulement des maladies d'organes et de cellules »). La mission originelle du médecin qui était de combattre la maladie en la traitant comme un tout, se transforme naturellement en une tâche, au fond, plus médiocre : localiser tout mal et sa cause et le classer dans une catégorie de maladies systématiquement décrites et déterminées. Dès que le médecin a mené à bien son diagnostic et désigné la maladie, il a fait la plupart du temps le principal, et le traitement se poursuit de lui-même par la « thérapie » prescrite à l'avance pour ce « cas ». La médecine moderne, science établie sur la connaissance et entièrement détachée de toute religion, de toute magie, s'appuie sur des certitudes absolues au lieu de faire appel aux intuitions individuelles ; bien qu'elle prenne encore volontiers le nom poétique d'« art médical », ce grand mot n'exprime plus qu'une sorte de métier d'art. La médecine n'exige plus comme jadis de ses disciples une prédestination sacerdotale ni des dons de visionnaire leur permettant de communiquer avec les forces universelles de la nature : la vocation est devenue métier ; la magie, système ; le mystère de la guérison, connaissance des organes et science médicale. Une guérison ne s'accomplit plus comme une action morale, un événement miraculeux, mais comme un fait purement raisonné et calculé par le médecin ; la pratique remplace la spontanéité, le manuel, le logos, la conjuration mystérieuse et créatrice. Là où l'ancienne méthode de guérison magique réclamait la plus haute tension de l'âme, le clinicien a besoin de toute sa lucidité et de tout son sang-froid.

Cet acheminement inévitable des méthodes de guérison vers le matérialisme et le professionnalisme devait atteindre au XIXᵉ siècle un degré extraordinaire ; entre le traitant et le traité intervient alors un troisième élément dépourvu de vie : l'appareil. Le coup d'œil du médecin-né, qui embrasse tous les symptômes dans une synthèse créatrice, devient de moins en moins indispensable à la diagnose : le microscope est là pour découvrir le germe bactériologique, le cardiographe pour enregistrer les mouvements et le rythme du cœur, les rayons Roentgen viennent remplacer la vision intuitive. De plus en plus, le laboratoire ravit au médecin ce que son métier avait encore de personnel dans le domaine du diagnostic ; pour ce qui est du traitement, les ateliers de chimie lui offrent le remède tout préparé, dosé et mis en boîte que le guérisseur du Moyen Âge, lui, était obligé chaque fois de mesurer, calculer et mélanger lui-même. La toute-puissance de la technique qui a envahi la médecine – plus tard, il est vrai, que les autres domaines, mais qui a fini quand même par s'y installer victorieusement – trace du processus de la guérison un tableau admirablement nuancé ; peu à peu la maladie, jadis considérée comme une irruption du surnaturel dans le monde individuel, devient précisément le contraire de ce qu'elle était aux commencements de l'humanité : un cas « ordinaire », « typique », au cours déterminé, à la durée calculée d'avance, un problème résolu par la raison. Cette rationalisation à l'intérieur est puissamment complétée par l'organisation extérieure ; dans les hôpitaux, ces magasins généraux de misère humaine, les maladies sont classées par catégories avec leurs spécialistes et les médecins n'y traitent plus que des « cas », n'examinent plus, généralement, que l'organe malade, sans même jeter un regard sur la physionomie de l'être humain aux prises avec la souffrance. Ajoutez à cela les organisations géantes, caisses de secours, assurances sociales, qui contribuent encore à cette dépersonnalisation et cette rationalisation ; il en résulte une espèce de standardisation qui étouffe tout contact intérieur entre le médecin et le patient ; avec la meilleure volonté du monde, il devient de plus en plus impossible de susciter entre le médecin et le patient la moindre vibration de cette force magnétique mystérieuse qui va d'âme à âme. Le médecin de famille, le seul qui voyait encore l'homme dans le malade, qui connaissait non seulement son état physique, sa nature et ses modifications, mais aussi sa famille et par conséquent certains de ses antécédents, le dernier qui représentait encore quelque chose de l'ancienne dualité du prêtre et du guérisseur, prend peu à peu figure de fossile. Le temps l'écarte. Il jure avec la loi de la spécialisation, la systématisation, comme le fiacre avec l'automobile. Trop humain, il ne peut plus s'adapter à la mécanique perfectionnée de la médecine.

La grande masse ignorante, mais intuitive, du peuple proprement dit a toujours résisté à cette dépersonnalisation et cette rationalisation absolues de la médecine. Aujourd'hui comme il y a mille ans, l'homme primitif, non encore touché par la « culture », considère craintivement la maladie comme quelque chose de surnaturel et lui oppose la résistance morale de l'espoir, de la prière et du serment ; il ne pense pas tout d'abord à l'infection et à l'obstruction de ses artères, mais à Dieu. Aucun manuel, aucun maître d'école ne pourra jamais le persuader que la maladie naît « naturellement », c'est-à-dire sans le moindre sens et sans qu'intervienne une question de culpabilité ; c'est pourquoi il se méfie par avance de toute pratique qui promet d'éliminer la maladie froidement, techniquement, d'une façon rationnelle. La récusation par le peuple du médecin sorti des universités correspond à un instinct collectif héréditaire qui exige un médecin « naturiste » en relation avec l'universel, sympathisant avec les plantes et les bêtes, au courant des mystères de la nature, devenu guérisseur par prédestination et non à la suite d'examens ; le peuple veut toujours, au lieu de l'homme du métier connaissant les maladies, l'homme tout court « dominant » la maladie. Et bien que la diablerie et la sorcellerie se soient depuis longtemps évanouies à la lumière électrique, la foi en ce faiseur de miracles, en ce magicien, est bien plus vivante qu'on ne le reconnaît publiquement. La vénération émue que nous ressentons devant l'inexplicable génie créateur d'un Beethoven, d'un Balzac ou d'un Van Gogh, le peuple, lui, la concentre encore aujourd'hui sur tous ceux en qui il croit reconnaître des forces supérieures de guérison. Toujours il réclame comme intermédiaire, au lieu de la drogue inanimée et froide, la chaleur humaine vivante qui irradie la « puissance ». Le sorcier, le magnétiseur, le berger et la guérisseuse de village éveillent en lui plus de confiance que le docteur appointé par une municipalité et ayant droit à pension, parce qu'eux exercent la médecine non pas comme une science, mais comme un art, et surtout comme une magie noire interdite. À mesure que la médecine se spécialise, se rationalise, se perfectionne techniquement, l'instinct de la grande masse se dresse contre elle de plus en plus violemment : le courant obscur et souterrain qui depuis des siècles lutte contre la médecine académique continue à sillonner les profondeurs du peuple en dépit de toute instruction publique.

Cette résistance, la science la sent et la combat en vain, bien qu'elle ait réussi, en faisant appel au concours de l'État, à obtenir une loi contre les guérisseurs et les médicastres : on n'étouffe pas complètement par des décrets des mouvements qui ont un fond religieux. À l'ombre de la loi opèrent aujourd'hui comme au Moyen Âge d'innombrables guérisseurs non diplômés, c'est-à-dire illégaux du point de vue de l'État ; la guerre entre les traitements naturels, les guérisons religieuses et la thérapeutique scientifique se poursuit toujours. Pourtant les adversaires les plus dangereux de la science académique ne sont pas sortis des chaumières, ni des camps de bohémiens, mais de ses propres rangs ; de même que la Révolution fran-

çaise n'a pas pris tous ses guides dans le peuple et que
la domination de la noblesse a été, au fond, sapée par
les nobles eux-mêmes ayant pris parti contre elle, de
même dans la grande révolte contre la spécialisation
à outrance de la médecine officielle les leaders les
plus déterminés ont toujours été des médecins indépendants. Le premier qui combat la matérialisation,
l'explication du miracle de la guérison, est Paracelse.
Il fonce contre les « doctores » avec la brutalité pay-
sanne qui lui est propre et les accuse de vouloir, avec
leur science livresque, démonter et remonter le micro-
cosme comme s'il s'agissait d'une montre. Il combat
l'orgueil, le dogmatisme d'une science qui a perdu
tout lien avec la haute magie de la *natura naturans*,
qui ne devine ni ne respecte les forces élémentaires
et ignore le fluide que dégage tant l'âme individuelle
que l'âme universelle. Et quelque suspectes que nous
paraissent aujourd'hui ses formules, l'influence spirituelle de cet homme s'accroît, pour ainsi dire, sous la
peau du temps, et se manifeste au début du XIXᵉ siècle
dans la médecine dite « romantique », qui, se ratta-
chant au mouvement poétique et philosophique de
cette époque, aspire à une union supérieure de l'âme
et du corps.

Avec sa foi absolue en l'âme universelle, la médecine romantique affirme que la nature elle-même est
la plus sage des guérisseuses et qu'elle n'a besoin de
l'homme que comme auxiliaire tout au plus. De même
que sans l'intervention du chimiste le sang se crée des
antitoxines contre tout poison, l'organisme qui se
maintient et se transforme seul réussit généralement,
sans aucun concours, à venir à bout de sa maladie. La
tâche principale de toute médecine serait, par conséquent, de ne pas contrecarrer obstinément la nature,

mais seulement de renforcer, en cas de maladie, la volonté de guérir toujours existante chez l'individu. Une impulsion morale, religieuse ou intellectuelle est souvent plus efficace que la drogue ou l'appareil lui-même, déclare-t-elle ; le résultat, en réalité, vient toujours du dedans, jamais du dehors. La nature est le « médecin intérieur » que chacun porte en soi dès sa naissance et qui en sait plus long sur les maladies que le spécialiste, lequel ne fait que s'appuyer sur les symptômes extérieurs, ajoute-t-elle. La médecine romantique, on le voit, considère la maladie, l'organisme et le problème de la guérison comme une « unité ».

Cette idée fondamentale de la résistance de l'organisme à la maladie fait naître au cours du XIXe siècle toute une série de systèmes. Mesmer avait fondé sa doctrine sur la « volonté de guérir » qui est en l'homme, la Christian Science établit la sienne sur la force féconde de la foi, résultat de la connaissance de soi. Et de même que ces guérisseurs se servent des forces intérieures de la nature, d'autres utilisent ses forces extérieures : les homéopathes recourent aux simples, Kneipp et les médecins naturistes aux éléments revivifiants : eau, soleil, lumière ; mais tous renoncent unanimement aux médicaments chimiques, aux appareils médicaux et par là aux conquêtes dont s'enorgueillit la science moderne. Le contraste général que l'on relève entre tous ces traitements naturels, ces cures miraculeuses, ces « guérisons par l'esprit » et la pathologie officielle, se résume en une brève formule. Dans la médecine scientifique le malade est considéré comme *objet* et il lui est imposé presque dédaigneusement une passivité absolue ; il n'a rien à dire ni à demander, rien à faire qu'à suivre docilement, sans réfléchir, les prescriptions du médecin et à éviter le plus possible d'inter-

venir dans le traitement. La méthode psychique, elle,
exige avant tout du patient qu'il *agisse* lui-même, qu'il
déploie la plus grande activité contre la maladie, en sa
qualité de *sujet*, de porteur et de réalisateur de la cure.
Le seul, le véritable médicament de toutes les cures
psychiques est cet appel au malade, qu'elles engagent
à ramasser ses forces morales, à les concentrer en un
faisceau de volonté et à les opposer à la maladie. La
plupart du temps l'assistance des guérisseurs se réduit
à des mots ; mais celui qui sait les miracles opérés par
le logos, le verbe créateur, cette vibration magique
de la lèvre dans le vide qui a construit et détruit des
mondes innombrables, ne s'étonnera pas de voir, dans
l'art de guérir comme dans tous les autres domaines,
les merveilles réalisées uniquement par les mots. Il ne
s'étonnera pas de voir, dans des organismes parfois
complètement ravagés, la santé reconstituée uniquement par l'esprit, au moyen de la parole et du regard.
Ces guérisons admirables ne sont en réalité ni rares ni
miraculeuses : elles reflètent vaguement une loi encore
secrète pour nous, et que les temps à venir approfon-
diront peut-être, la loi des rapports supérieurs entre
le corps et l'esprit ; c'est déjà bien pour notre temps
de ne plus nier la possibilité des cures purement psychiques et de s'incliner avec une certaine gêne devant
des phénomènes que la science à elle seule ne peut
expliquer.

L'abandon volontaire de la médecine académique
par quelques médecins indépendants est, à mon avis,
un des épisodes les plus intéressants de l'histoire de
la civilisation. Car rien dans l'histoire, celle des faits
comme celle de l'esprit, n'égale en grandeur dramatique l'attitude morale d'un homme isolé, faible,
solitaire, qui s'insurge contre une organisation embras-

sant le monde. Chaque fois qu'un homme a osé, armé
de sa seule foi, entrer en conflit avec les puissances
coalisées du monde et se lancer dans une bataille
qui semblait absurde et sans chance de succès –
qu'il s'agisse de l'esclave Spartacus luttant avec les
cohortes et les légions romaines, du pauvre cosaque
Pougatchev ayant rêvé de régner sur la gigantesque
Russie, ou de Luther, le moine au front têtu se dressant
contre la toute-puissante *fides catholica* – toujours il a
su communiquer aux autres hommes son énergie intérieure et tirer du néant des forces incommensurables.
Chacun de nos grands fanatiques de la « Guérison
par l'Esprit » a groupé autour de lui des centaines
de milliers d'individus ; chacun par ses actes et ses
guérisons a ébranlé et secoué la conscience de son
temps ; chacun a suscité dans la science des courants
formidables. Chose fantastique : à une époque où la
médecine, grâce à une technique féeriquement perfectionnée, accomplit de véritables miracles, où elle
a appris à observer, décomposer, mesurer, photogra-
phier, influencer et transformer les plus minuscules
atomes et molécules de substance vivante, où toutes
les autres sciences naturelles exactes la suivent et lui
prêtent leur concours, où tout l'élément organique
semble enfin dénué de mystère, à pareille époque
une série de chercheurs indépendants démontrent
l'inutilité dans beaucoup de cas de toutes ces connaissances. Ils prouvent publiquement et d'une façon irré-
futable qu'aujourd'hui comme jadis on peut obtenir
des guérisons rien que par des moyens psychiques et
cela même dans des cas où l'admirable machinerie
de la médecine universitaire a échoué. Vu du dehors,
leur système est inconcevable, presque ridicule dans
son invraisemblance ; le médecin et le patient, paisi-

blement assis l'un en face de l'autre, paraissent simplement bavarder. Pas de rayons Roentgen, pas de
courant électrique, pas même de thermomètre, rien
de tout l'arsenal technique qui fait l'orgueil justifié de
notre temps : et cependant leur méthode archaïque
agit souvent plus efficacement que la thérapeutique la
plus avancée. Le fait qu'il y a des chemins de fer n'a
rien changé à la mentalité de l'humanité. N'amènent-
ils pas tous les ans à la grotte de Lourdes des centaines de milliers de pèlerins qui veulent y guérir
uniquement par le miracle ? L'invention des courants
à haute fréquence n'a rien changé, elle non plus, à
l'attitude de l'âme vis-à-vis du mystère, car ces mêmes
courants cachés dans la baguette magique d'un « pre-
neur d'âmes » n'ont-ils point fait surgir du néant
autour d'un seul homme, à Gallspach, en 1930, toute
une ville avec hôtels, sanatoriums et lieux de diver-
tissement ? Rien n'a montré d'une façon aussi visible
que les succès multipliés des traitements par la suggestion et les guérisons dites miraculeuses de quelles formidables énergies dispose encore le XXe siècle, quelles
possibilités de guérison pratiques ont été sciemment
négligées par la médecine bactériologique et cellulaire
en niant obstinément l'intervention de l'irrationnel et
en excluant arbitrairement de ses calculs l'autotraite-
ment psychique.

Bien entendu, aucun de ces systèmes de guérison à la fois anciens et nouveaux n'a ébranlé, un
seul instant, l'organisation magnifique de la médecine moderne, insurpassable dans sa diversité et ses
méthodes d'examen ; le triomphe de certains systèmes
et traitements ne prouve en aucune façon que la médecine scientifique moderne en soi ait eu tort ; seul est
démasqué ce dogmatisme qui s'acharnait à ne trouver

valable et admissible que la méthode la plus récente et considérait effrontément toutes les autres comme fausses, inacceptables et surannées. Cette suffisance seule a reçu un coup des plus durs. Les succès désormais indéniables des méthodes psychiques décrites dans ce livre n'ont pas peu contribué à éveiller chez les leaders intellectuels de la médecine des réflexions salutaires. Un doute léger, mais déjà perceptible pour nous autres profanes, s'est infiltré dans leurs rangs. Et l'on se demande, comme le fait un homme de la valeur de Sauerbruch, si la conception purement bactériologique et sérologique des maladies n'a pas poussé la médecine dans une impasse ; si la spécialisation d'une part, et la prédominance des généralisations sur le diagnostic individuel d'autre part, n'ont pas commencé à transformer peu à peu l'art médical destiné à servir les hommes en une science étrangère à l'humanité et n'ayant pour but qu'elle-même ? Ou, pour citer une excellente formule, si « le docteur n'est pas devenu par trop médecin » ? Ce que l'on appelle aujourd'hui une « crise de conscience de la médecine » n'a rien de commun avec une étroite affaire de métier ; elle participe du phénomène général de l'incertitude européenne, du relativisme universel, qui – après des dizaines d'années d'affirmations absolues dans tous les domaines de la science – apprend enfin aux spécialistes à regarder derrière eux et à questionner. Une certaine largeur d'esprit, d'ordinaire, hélas, étrangère aux académiciens, commence heureusement à se manifester : ainsi, le livre excellent d'Aschner sur la « Crise de la médecine » cite une foule d'exemples surprenants, qui nous apprennent comment des cures raillées et condamnées hier encore comme moyenâgeuses (par exemple le cautère et la saignée) sont redevenues

aujourd'hui des plus modernes et des plus actuelles.
La médecine, enfin curieuse de leurs lois, considère
avec plus de justice et de curiosité le phénomène des
« guérisons par l'esprit », que les professeurs diplômés, au XIXᵉ siècle, qualifiaient encore avec mépris de
bluff, truquage et mensonge ; on fait des efforts sérieux
pour adapter peu à peu les méthodes psychiques aux
méthodes cliniques exactes. Chez les médecins les
plus humains et les plus intelligents, on sent poindre,
sans aucun doute, une certaine nostalgie de l'ancien
universalisme, un désir de passer d'une pathologie
purement locale à une thérapeutique générale, un
besoin de connaître non seulement les maladies qui
s'abattent sur l'individu, mais l'individu lui-même.
Après avoir décomposé le corps humain et étudié ses
cellules et ses molécules, l'homme de science tourne
enfin sa curiosité vers la « totalité » de l'individu considéré comme tel et cherche derrière les causes locales
de sa maladie d'autres causes supérieures. De nouvelles sciences – la typologie, la physiognomonie, la
théorie de l'hérédité, la psychanalyse, la psychologie
individuelle – s'efforcent de placer au premier plan ce
qu'il y a de personnel, d'unique, de particulier dans
chaque individu ; et les résultats de la psychologie
non officielle, les phénomènes de la suggestion, de
l'autosuggestion, les découvertes de Freud, d'Adler,
occupent de plus en plus l'attention de tout médecin
sérieux.

Les courants de la médecine organique et psychique, séparés depuis des siècles, commencent à se
rapprocher, car tout développement – à l'image de
la spirale de Goethe ! – parvenu à un certain degré,
regagne obligatoirement son point de départ. Toute
mécanique revient finalement à la loi fondamentale de

son mouvement, ce qui est divisé aspire au retour à l'unité, le rationnel retombe dans l'irrationnel ; après des siècles d'une science rigoureuse qui a étudié à fond la forme et la matière du corps humain, on se tourne à nouveau vers « l'esprit qui fait le corps ».

Si le jeu secret des désirs se dissimule à la lumière plus mate des émotions communes, il devient, à l'état de passion violente, d'autant plus éclatant, saillant, formidable; le fin connaisseur de l'âme humaine qui sait combien l'on peut, en somme, compter sur le mécanisme du libre arbitre et dans quelle mesure il est permis de déduire par analogie transportera mainte expérience de ce domaine dans sa doctrine et la recréera pour la vie morale... Quelle surprise s'il se dressait, comme pour les autres domaines de la nature, un Linné qui procéderait à une classification selon les instincts et les penchants !...

SCHILLER.

CHAPITRE PREMIER

La situation au tournant du siècle

> Combien de vérité *supporte*, combien de vérité *ose* un esprit ? C'est ce qui est devenu pour moi, de plus en plus, la véritable mesure des valeurs. L'erreur (la foi en l'idéal) n'est pas de l'aveuglement, l'erreur est de la *lâcheté*... Chaque conquête, chaque pas en avant dans la connaissance *découle* du courage, de la dureté envers soi, de la propreté envers soi.
>
> NIETZSCHE.

La mesure la plus sûre de toute force est la résistance qu'elle surmonte. Ainsi, l'action d'abord révolutionnaire, puis reconstructrice de Sigmund Freud n'est vraiment compréhensible que si l'on se représente la morale d'avant-guerre et l'idée qu'on se faisait alors des instincts humains. Aujourd'hui les pensées de Freud – qui, il y a vingt ans, étaient encore des blasphèmes et des hérésies – circulent couramment dans le langage et dans le sang de l'époque ; les formules conçues par lui apparaissent si naturelles qu'il faut un plus grand effort pour les rejeter que pour les adopter. Précisément parce que notre XXe siècle ne peut plus concevoir pourquoi le XIXe siècle se défendait avec tant d'exaspération contre la découverte, attendue depuis longtemps, des forces instinctives de

l'âme, il est nécessaire d'examiner rétrospectivement
l'attitude psychologique des générations d'alors et de
tirer encore une fois de son cercueil la momie ridicule
de la morale d'avant-guerre.

Le mépris de cette morale – notre jeunesse en a
trop souffert pour que nous ne la haïssions pas ardemment – ne signifie pas celui de l'idée de la morale et
de sa nécessité. Toute communauté humaine, liée
par esprit religieux ou national, se voit forcée, dans
l'intérêt de sa conservation, de refréner les tendances
agressives, sexuelles, anarchiques de l'individu et de
les endiguer derrière des barrages appelés Morale et
Loi. Il va de soi que chacun de ces groupes se crée
des normes et des formes particulières de la morale :
de la horde primitive au siècle électrique chaque
communauté s'efforce par des moyens différents de
dompter les instincts primitifs. Les civilisations dures
exerçaient durement leur pouvoir : les époques lacédémonienne, judaïque, calviniste, puritaine, cherchaient
à extirper l'instinct de volupté panique de l'humanité
en le brûlant au fer rouge. Mais, quelque féroces que
fussent leurs commandements et leurs prohibitions,
ces époques draconiennes servaient quand même la
logique d'une idée. Et toute idée, toute foi, sanctifie à
un certain degré la violence de son application. Si les
Spartiates poussent la discipline jusqu'à l'inhumanité,
c'est dans le but d'épurer la race, de créer une génération virile, apte à la guerre : du point de vue de son
idéal de la Communauté, la sensualité relâchée devait
être aux yeux de l'État un empiétement sur son autorité. Le christianisme, lui, combat le penchant charnel
au nom du salut de l'âme, de la spiritualisation de la
nature toujours dévoyée. Justement parce que l'Église,
le plus sage des psychologues, connaît la passion de

la chair chez l'homme éternellement adamite, elle lui oppose brutalement la passion de l'esprit comme idéal ; elle brise son entêtement orgueilleux dans les geôles et sur les bûchers, pour faire retourner l'âme dans sa patrie suprême – logique cruelle, mais logique quand même. Là comme ailleurs, l'application de la loi morale a pour base une conception du monde solidement ancrée. La morale apparaît comme la forme physique d'une idée métaphysique.

Mais au nom de quoi, au service de quelle idée le XIXᵉ siècle dont la piété, depuis longtemps, n'est que surface, exige-t-il encore une morale codifiée ? Grossièrement matériel, jouisseur, gagneur d'argent, sans l'ombre de la grande foi cohérente des anciennes époques religieuses, défenseur de la démocratie et des droits de l'homme, il ne peut plus vouloir sérieusement interdire à ses citoyens le droit à la libre jouissance. Celui qui, sur l'édifice de la civilisation, a hissé la tolérance en guise de drapeau, ne possède plus le droit seigneurial de s'immiscer dans la conception morale de l'individu. En effet, l'État moderne ne s'efforce plus franchement, comme jadis l'Église, d'imposer une morale intérieure à ses sujets ; seul le code de la société exige le maintien d'une convention extérieure. On ne demande donc point à l'individu d'être moral, mais de le paraître, d'avoir une attitude morale. Quant à savoir s'il agit d'une façon véritablement morale, l'État ne s'en préoccupe pas : ça ne regarde que l'individu lui-même, qui est uniquement tenu de ne pas se laisser prendre en flagrant délit de manquement aux convenances. Maintes choses peuvent se passer, mais qu'il n'en soit point parlé ! Pour être rigoureusement exact, on peut donc dire que la morale du XIXᵉ siècle n'aborde même pas le problème réel. Elle l'évite, et toute son activité se réduit à passer outre. Durant trois ou quatre générations, la civilisation a traité, ou plutôt écarté, tous les problèmes sexuels et moraux uniquement au moyen de cet illogisme niais qui veut qu'une chose dissimulée n'existe plus. Cette situation se trouve exprimée de la façon la plus tranchante par ce mot d'esprit : moralement, le XIXᵉ siècle n'a pas été régi par Kant, mais par le « cant ».

Comment une époque si raisonnable et lucide a-t-elle pu se fourvoyer à ce point et afficher une psychologie aussi insoutenable et aussi fausse ? Comment le siècle des grandes découvertes, des conquêtes techniques, a-t-il pu rabaisser sa morale jusqu'à en faire un tour de prestidigitation cousu de fil blanc ? La réponse est simple : justement par orgueil de sa raison. Par infatuation optimiste de sa culture, par arrogance de sa civilisation. Les progrès inouïs de la science avaient plongé le XIXᵉ siècle dans une sorte de griserie de la raison. Tout semblait se soumettre servilement à la domination de l'intellect. Chaque jour, chaque heure, presque, annonçait de nouvelles victoires de l'esprit ; on conquérait de plus en plus les éléments réfractaires du temps et de l'espace, les sommets et les abîmes révélaient leur mystère à la curiosité systématique du regard humain ; partout l'anarchie cédait à l'organisation, le chaos à la volonté de l'intelligence spéculative. La raison n'était-elle donc pas capable de maîtriser les instincts anarchiques dans le sang de l'individu, de discipliner et d'assagir la foule indocile des passions ? La besogne principale sous ce rapport est accomplie depuis bien longtemps, disait-on, et ce qui s'allume de temps en temps dans le sang d'un homme moderne, d'un homme « cultivé », ce ne sont plus que les derniers et pâles éclairs d'un orage passé, les

ultimes convulsions de la vieille bestialité agonisante.
Patience quelques années encore, quelques décennies,
et le genre humain, qui a fait une si magnifique ascen-
sion du cannibalisme à l'humanité et au sens social,
épurera et absorbera ces dernières et misérables sco-
ries dans ses flammes éthiques : donc, inutile même
de mentionner leur existence. N'attirez pas surtout
l'attention des hommes sur les choses sexuelles, et ils
les oublieront. N'excitez pas par des discours cette
bête antédiluvienne, emprisonnée derrière les bar-
reaux de fer de la morale, ne la nourrissez pas de questions, et elle s'apprivoisera. Passer vite, en détournant
le regard devant tout ce qui est désagréable, toujours
faire comme si l'on ne voyait rien : c'est là, en somme,
tout le code moral du XIXᵉ siècle.

L'État arme toutes les puissances qui dépendent de
lui pour cette campagne concentrique contre la franchise. Toutes, science, art, famille, église, école, université, reçoivent les mêmes instructions de guerre :
éluder toute explication, ne pas attaquer l'adversaire
mais l'éviter en faisant un grand détour, ne jamais
entrer en discussion sérieuse, ne jamais lutter à l'aide
d'arguments mais en recourant au silence seul, sans
cesse boycotter et ignorer.

Admirablement obéissantes à cette tactique, toutes
les puissances intellectuelles, servantes de la culture,
de gaieté de cœur, ont hypocritement laissé le problème de côté. Pendant un siècle, dans toute l'Europe,
la question sexuelle est mise en quarantaine. Elle n'est
ni niée, ni confirmée, ni soulevée, ni résolue, mais tout
doucement poussée derrière un paravent. Une armée
formidable de gardiens déguisés en instituteurs, pré-
cepteurs, pasteurs et censeurs, se dresse pour ravir à
la jeunesse sa spontanéité et sa joie charnelle. Aucun

souffle d'air frais ne doit effleurer le corps de ces adolescents, aucun mot sincère, aucun éclaircissement leur âme chaste. Tandis qu'autrefois, n'importe où, chez tout peuple sain, à toute époque normale, l'adolescent nubile entre dans l'âge viril comme dans une fête, tandis que dans les cultures grecque, romaine, judaïque, et même là où il n'y a pas de culture, le garçon de treize ou de quatorze ans est franchement reçu dans la communauté de ceux qui savent, homme parmi les hommes, guerrier parmi les guerriers, au XIXe siècle une pédagogie maudite, par des moyens artificiels et antinaturels, l'éloigne de toute sincérité. Personne devant lui ne parle librement, et par là ne le libère. Ce qu'il sait, il n'a pu l'apprendre que chez les filles ou par les chuchotements des camarades aînés. Et comme chacun n'ose répéter qu'à voix basse cette science des choses les plus naturelles de la nature, tout adolescent qui grandit sert inconsciemment d'auxiliaire nouveau à cette hypocrisie de la civilisation.

La conséquence de ce siècle de retenue et d'hypocrisie obstinées, nous la voyons dans un ravalement inouï de la psychologie au sein d'une culture intellectuellement élevée. Car, comment une science profonde de l'âme aurait-elle pu se développer sans droiture ni honnêteté, comment la clarté se serait-elle propagée, quand justement ceux qui étaient appelés à répandre le savoir, les maîtres, les pasteurs, les artistes, les savants, restaient eux-mêmes ignorants ou hypocrites ? L'ignorance engendre toujours la dureté. Donc une génération de pédagogues sans pitié, parce que sans savoir, fait un mal irréparable aux âmes de la jeunesse, en prescrivant éternellement à celle-ci de « se maîtriser » et d'être « morale ».

Des garçons à demi formés, qui, sous la pression de la puberté, sans connaître la femme, cherchent le seul exutoire possible à leur corps, n'ont pour les renseigner que les sages recommandations de ces mentors « éclairés » qui, en leur disant qu'ils se livrent à un « vice épouvantable » qui détruit la santé, leur blessent profondément l'âme et leur inculquent de force un sentiment d'infériorité, une conscience mystique du péché. Les étudiants à l'Université (j'ai moi-même passé par là) reçoivent de ce genre de professeurs qu'on aimait alors désigner par l'expression fleurie d'« éminents pédagogues » des notices par lesquelles ils apprennent que toute maladie sexuelle, sans exception, est « inguérissable ». Tels sont les canons dont le vertigo moral de l'époque bombarde sans hésiter le cerveau des jeunes gens. Et c'est chaussée de ces bottes cloutées que l'éthique pédagogique piétine le monde des adolescents. Qu'on ne s'étonne donc point si, du fait de cette éducation systématique de la crainte à laquelle sont soumises des âmes encore indécises, un coup de revolver part à tout moment ; qu'on ne s'étonne point non plus si cet endiguement violent ébranle l'équilibre intérieur d'innombrables enfants et si l'on fabrique en série ce type de neurasthéniques qui portent toute la vie le fardeau de leurs craintes d'adolescence et de leurs refoulements. Privés de conseil, des milliers de ces êtres, estropiés par une morale hypocrite, errent de médecin en médecin. Mais comme alors les professionnels de la médecine n'arrivaient pas à dépister la racine de la maladie, c'est-à-dire la sexualité, et que la psychologie de l'époque pré-freudienne, par bienséance éthique, ne se hasardait pas dans ces domaines secrets – parce que devant rester secrets – les neurologues, en ces cas cri-

tiques, sont pris au dépourvu. Ne sachant que faire, ils
envoient tous les malades de l'âme, non encore mûrs
pour la clinique ou l'asile d'aliénés, dans des établis-
sements hydrothérapiques. On les gave de bromure,
on les maltraite avec l'électricité, mais personne n'ose
aborder les causes réelles de leur maladie.

Les anormaux sont, bien plus encore, victimes de
la sottise humaine. Jugés par la science comme des
êtres éthiquement inférieurs, par la loi comme des
criminels, ces malheureux, chargés d'une terrible
hérédité, traînent toute une vie, ayant devant eux
la prison, derrière eux le chantage, le joug invisible
de leur secret meurtrier. À personne ils ne peuvent
demander assistance ni conseil. Car si, à l'époque pré-
freudienne, un homosexuel s'adressait au médecin,
ce monsieur, fronçant les sourcils, s'indignait qu'on
osât venir l'importuner avec ces « cochonneries ».
On ne s'occupe pas de ces choses privées dans un
cabinet de consultations ! Mais, où donc s'en occupe-
t-on ? Mais à qui doit s'adresser l'homme troublé ou
égaré dans sa vie sentimentale, quelle porte s'ouvrira
pour secourir, pour délivrer ces millions d'individus ?
Les universités se dérobent, les juges se cramponnent
aux lois, les philosophes (à l'exception du vaillant
Schopenhauer) préfèrent ne pas remarquer dans leur
Cosmos ces déviations d'Éros, si compréhensibles à
toutes les cultures antérieures ; la société ferme les
yeux par principe et déclare que ces choses pénibles
ne peuvent pas être discutées. Donc, silence dans les
journaux, dans la littérature, dans les milieux scientifiques ; la police est informée, c'est suffisant. Que
des centaines de milliers de captifs délirent dans le
cachot raffiné de ce mystère, cela, le siècle suprêmement moral et tolérant le sait et s'en moque ; ce qui

importe, c'est qu'aucun cri ne perce au-dehors, que l'auréole que s'est fabriquée la civilisation, ce plus moral des mondes, reste intacte aux yeux du public. Car cette époque met l'apparence morale au-dessus de l'être humain !

Tout un siècle, un siècle horriblement long, cette lâche conjuration du silence « moral » domine l'Europe. Soudain une voix le rompt.

Un jour, sans la moindre intention révolutionnaire, un jeune médecin, dans le cercle de ses collègues, se lève et, prenant pour point de départ ses recherches sur l'hystérie, il parle des troubles, du refoulement des instincts et de leur délivrance possible. Il n'use pas de grands gestes pathétiques, ne proclame pas sur un ton ému qu'il est temps d'appuyer les conceptions morales sur une nouvelle base, que le moment est venu de discuter librement de la question sexuelle. Non, ce jeune médecin rigoureusement réaliste ne joue pas les prédicateurs dans le milieu académique. Il fait exclusivement une conférence diagnostique sur les psychoses et leurs origines. C'est précisément le calme et le naturel avec lesquels il établit qu'une grande partie des névroses, presque toutes, en somme, découlent du refoulement du désir sexuel, qui provoquent l'épouvante glacée de ses collègues. Non qu'ils considèrent cette étiologie comme fausse – au contraire, la plupart d'entre eux ont souvent deviné ou expérimenté ces choses, ils se rendent fort bien compte personnellement du rôle du sexe dans l'équilibre de l'individu. Mais en tant que représentants de leur époque, en tant que valets de la morale en cours, ils se sentent aussi blessés par cette franche constatation d'un fait clair comme le jour que si l'indication du jeune professeur équivalait déjà en elle-même à un

geste indécent. Ils se regardent, embarrassés. Ce jeune
« Dozent » ignore-t-il donc la convention tacite qui
interdit d'aborder ces sujets épineux, surtout dans
une séance publique de la très honorable « Société
des médecins » ?

Cette convention, pourtant, le nouveau venu
devrait la connaître et la respecter : sur le chapitre
sexuel, on s'entend entre collègues par un clignement
d'yeux, on lance à l'occasion une petite plaisanterie
durant la partie de cartes, mais on n'expose point
ces thèses, en plein XIXᵉ siècle, un siècle aussi cultivé,
dans une réunion académique. Déjà, cette première
manifestation publique de Freud – la scène s'est réellement produite – est pour ses collègues de la Faculté
comme un coup de revolver dans une église. Et les
plus bienveillants d'entre eux lui font immédiatement
remarquer qu'il serait sage, dans son intérêt, pour
sa carrière académique, de renoncer à l'avenir à des
recherches qui touchent des sujets aussi gênants et qui
ne mènent à rien, ou du moins à rien qui soit suscep-
tible d'être discuté en public.

Mais Freud, lui, se soucie de sincérité et non de
convenance. Il a trouvé une piste et il la suit. Justement, le sursaut de ses auditeurs lui montre qu'il a,
sans le vouloir, mis le doigt sur un endroit malade,
que du premier coup il a touché le nerf de la question.
Il tient bon. Il ne se laisse intimider ni par les avertissements, partant d'un bon cœur, de quelques-uns de
ses aînés, ni par les lamentations d'une morale offen-
sée, qui n'est pas habituée à se sentir empoignée aussi
brusquement *in puncto puncti*. Avec cette intrépidité
tenace, ce courage viril et cette capacité d'intuition
qui, réunis, forment son génie, il ne cesse de pres-
ser de plus en plus fortement l'endroit sensible, jus-

qu'à ce que finalement l'abcès crève, que la plaie soit débridée et qu'on puisse travailler à la guérison. Au premier coup de sonde dans l'inconnu, ce médecin solitaire ne pressent pas encore tout ce qu'il découvrira dans cette obscurité. Mais il devine l'abîme, et la profondeur attire toujours magnétiquement l'esprit créateur.

Le fait qu'en dépit de l'insignifiance apparente du motif la première rencontre de Freud avec sa génération se transforma en choc, est un symbole et non un hasard. Ce ne sont pas seulement la pudibonderie choquée, la dignité morale en vigueur qui s'offensent d'une théorie isolée : non, la morale périmée de passer-les-choses-sous-silence flaire ici, avec la clairvoyance nerveuse qu'on a dans le danger, une opposition réelle. Ce n'est pas la *manière* dont Freud aborde cette sphère, mais le *fait* qu'il y touche, qu'il ose y toucher, qui équivaut à une provocation en duel, où l'un des deux adversaires doit succomber. Dès le premier instant, il ne s'agit pas d'amélioration, mais de bouleversement total. Il n'y va pas de préceptes, mais de principes. Il n'est pas question de détails, mais d'un tout. Front contre front se dressent deux formes de la pensée, deux méthodes si opposées qu'entre elles il n'y a pas d'accord possible et qu'il ne peut jamais y en avoir. La psychologie pré-freudienne, enfermée dans l'idéologie de la domination du cerveau sur le sang, exige de l'individu, de l'homme instruit et civilisé, qu'il réprime ses instincts par la raison. Freud répond nettement et brutalement : les instincts ne se laissent pas réprimer, et il est vain de supposer que, lorsqu'on les réprime, ils sont chassés et disparus à jamais. Tout au plus arrive-t-on à refouler les instincts du conscient dans l'inconscient. Mais alors, soumis à

cette déviation dangereuse, ils se tassent dans le fond
de l'âme et engendrent par leur constante fermenta-
tion l'inquiétude nerveuse, les troubles et la maladie.
Sans illusions, sans indulgence, sans croyance au progrès, Freud établit péremptoirement que ces forces
instinctives de la libido, stigmatisées par la morale,
constituent une partie indestructible de l'être humain
qui renaît dans chaque embryon ; que cet élément ne
peut jamais être écarté, mais que dans certains cas on
réussit à rendre son activité inoffensive par le passage
dans le conscient. Donc, la prise de conscience, que
l'ancienne éthique sociale considère comme un danger
capital, Freud l'envisage comme un remède ; le refoulement qu'elle estimait bienfaisant, il en démontre le
danger. Ce que la vieille méthode tenait à mettre sous
le boisseau, il veut l'étaler au grand jour. Il veut iden-
tifier au lieu d'ignorer, aborder au lieu d'éviter, approfondir au lieu de détourner le regard. Mettre à nu au
lieu de voiler. Seul peut discipliner les instincts celui
qui les connaît, seul peut dompter les démons celui
qui les tire de leur abîme et les regarde face à face. La
médecine a aussi peu de rapport avec la morale et la
pudeur qu'avec l'esthétique ou la philologie ; sa tâche
la plus importante n'est pas de réduire au silence les
secrets les plus mystérieux de l'homme, mais de les
forcer à parler. Sans le moindre ménagement pour la
pudibonderie du siècle, Freud lance ces problèmes
du refoulement et de l'inconscient au beau milieu de
l'époque. Par là, il entreprend la cure non seulement
d'innombrables individus, mais de toute l'époque
moralement malade, en transportant de la dissimulation dans la science le conflit fondamental qu'elle voulait tenir caché.

Cette méthode révolutionnaire de Freud a non seulement transformé notre conception de l'âme, mais indiqué une direction nouvelle à toutes les questions capitales de notre culture présente et à venir. C'est pourquoi tous ceux qui, depuis 1890, veulent considérer l'effort de Freud comme une simple besogne médicale, la sous-estiment grossièrement et commettent une plate erreur, car ils confondent consciemment ou inconsciemment le point de départ avec le but. Le fait que Freud ait fendu la muraille de Chine de la psychologie ancienne en partant de la médecine est un hasard historiquement exact, mais sans importance pour ses résultats. Ce qui importe, chez un créateur, ce n'est pas d'où il vient, mais où il est arrivé. Freud vient de la médecine de la même façon que Pascal des mathématiques ou Nietzsche de la philologie ancienne. Sans doute, cette origine donne à son œuvre une certaine tonalité, mais elle ne détermine ni ne limite sa grandeur. Car il serait enfin temps de remarquer, maintenant qu'il entre dans sa soixante-quinzième année, que son œuvre et sa valeur, depuis longtemps, ne se basent plus sur le détail secondaire de la guérison annuelle par la psychanalyse de quelques centaines de névrosés de plus ou de moins, ni sur l'exactitude de chacune de ses théories et de ses hypothèses. Que la libido soit sexuellement « fixée » ou non, que le complexe de la castration et l'attitude narcissique – et Dieu sait quels autres articles de foi codifiés – soient canonisés ou non pour l'éternité, ces questions sont devenues depuis longtemps un objet de chicanes scolastiques entre universitaires et n'ont pas la moindre importance pour la réforme historique et durable que Freud a imposée au monde par sa découverte du dynamisme de l'âme et sa technique nouvelle vis-à-vis des problèmes psychologiques. Ce qui nous intéresse, c'est qu'un homme, par sa vision créatrice, a transformé notre sphère intérieure. Et le fait qu'il s'agissait là d'une véritable révolution, que son « sadisme de la vérité » bouleversait toutes les conceptions du monde de l'âme, les représentants de la génération mourante le reconnurent les premiers ; ils comprirent le danger de sa théorie. Car c'est bien pour eux qu'elle était dangereuse ; ils s'en aperçurent immédiatement avec épouvante, ces illusionnistes, ces optimistes, ces idéalistes, ces avocats de la pudeur et de la bonne vieille morale, lorsqu'ils se virent en face d'un homme qui brûlait tous les signaux avertisseurs, que ne faisait reculer aucun tabou et n'intimidait aucune contradiction, à qui, en vérité, rien ne restait « sacré ». Ils ont senti instinctivement qu'avec Freud, aussitôt après Nietzsche, l'Antéchrist, venait un autre grand destructeur des vieilles tables saintes, un anti-illusionniste, dont le rayon Roentgen du regard éclairait impitoyablement tous les arrière-plans, voyait sous la libido le sexe, en l'enfant innocent l'homme primitif, dans la douce intimité familiale les antiques et dangereuses tensions entre père et fils, et dans les rêves les plus anodins les ardents bouillonnements du sang. Dès le premier instant ils sont torturés par un pressentiment pénible : un tel homme qui, dans leurs valeurs les plus sacrées, culture, civilisation, humanité, morale et progrès, ne voit rien d'autre que des rêves-désirs, ne poussera-t-il pas encore plus loin sa sonde féroce ? Cet iconoclaste ne transportera-t-il pas finalement son impudente technique analytique de l'âme individuelle à l'âme collective ? N'ira-t-il pas jusqu'à frapper de son marteau les fondements de la morale d'État et les complexes familiaux agglutinés au prix de tant d'efforts, jusqu'à dissoudre par ses acides violemment caustiques l'idée de patrie et même l'esprit religieux ? En effet, l'instinct du monde agonisant d'avant-guerre a vu juste : le courage illimité, l'intrépidité intellectuelle de Freud ne se sont arrêtés nulle part. Indifférent aux objections et aux jalousies, au bruit et au silence, avec la patience inébranlable et systématique de l'artisan, il a continué à perfectionner son levier d'Archimède jusqu'à pouvoir s'attaquer au monde. En la soixante-dixième année de sa vie, Freud a entrepris l'œuvre ultime d'appliquer sa méthode, dont il avait fait l'expérience sur l'individu, à l'humanité entière et même à Dieu. Il a eu le courage d'avancer encore et toujours, par-delà les illusions, jusqu'au néant suprême, jusqu'à cet infini grandiose où il n'y a plus de foi, plus d'espoirs ni de rêves, pas même ceux du ciel et où il n'est plus question du sens et de la tâche de l'humanité.

Sigmund Freud a donné à l'humanité – œuvre admirable d'un homme isolé – une notion plus claire d'elle-même, plus claire, dis-je, non pas plus heureuse. Il a approfondi la conception du monde de toute une génération : approfondi, dis-je, non pas embelli. Car l'absolu ne rend jamais heureux, il ne fait qu'imposer des décisions. La science n'a pas pour devoir de bercer de nouvelles rêveries apaisantes le cœur éternellement puéril de l'humanité ; sa mission est d'apprendre aux hommes à marcher droit et ferme sur notre dure planète. La part de Sigmund Freud dans cette tâche indispensable a été exemplaire : au cours de l'œuvre qu'il a entreprise sa dureté est devenue force, sa sévérité loi inflexible. Jamais, pour le plaisir de consoler, Freud n'a montré à l'homme une issue commode, un refuge dans un paradis terrestre ou céleste, mais toujours et uniquement le chemin qui conduit à la connaissance de soi-même, la voie dangereuse aboutissant au plus profond de son Moi. Sa clairvoyance est sans indulgence ; sa façon de penser n'a allégé en rien la vie humaine. Aiguë et tranchante comme la bise, son irruption dans une atmosphère étouffante a dissipé bien des brouillards dorés et des nuages roses mais par-delà les horizons éclaircis s'étend maintenant une nouvelle perspective sur le domaine de l'esprit.

Grâce à l'effort de Freud une nouvelle génération regarde une époque nouvelle avec des yeux plus pénétrants, plus libres et plus sincères. Si la dangereuse psychose de la dissimulation, qui a tenu en laisse pendant un siècle la morale européenne, est définitivement écartée, si nous avons appris à regarder sans fausse honte au fond de notre vie ; si les mots de « vice » et de « péché » nous font frémir d'horreur ; si les juges, renseignés sur la force dominante des instincts humains, hésitent parfois à prononcer une condamnation ; si les instituteurs admettent naturellement les choses naturelles et la famille franchement les choses franches ; s'il y a dans la conception morale plus de sincérité et dans la jeunesse plus de camaraderie ; si les femmes acceptent plus librement leur sexe et leur désir ; si nous avons appris à respecter l'essence unique de tout individu et possédons la compréhension créatrice du mystère de notre être spirituel – tous ces éléments de redressement moral, nous les devons, nous et notre monde nouveau, en première ligne à cet homme, qui a eu le courage de savoir ce qu'il savait et le triple courage d'imposer ce savoir à la morale obstructive et lâchement résistante de l'époque. Maints détails de l'œuvre de Freud peuvent être discutables, mais qu'importent les détails ! Les pensées vivent autant de

dénégations que de confirmations, une œuvre existe
non moins par la haine que par l'amour qu'elle éveille.
Le seul triomphe décisif d'une idée, le seul aussi que
nous soyons encore prêts aujourd'hui à révérer, est
son incorporation à la vie. Car rien, en notre temps
de justice incertaine, ne rallume autant la foi en la prédominance de l'esprit que l'exemple vécu du fait qu'il
suffit toujours qu'un seul homme ait le courage de la
vérité pour augmenter le vrai dans tout l'univers.

CHAPITRE II

Portrait caractérologique

La sincérité est la source de tout génie.

BOERNE.

La porte sévère d'un immeuble viennois se referme depuis un demi-siècle sur la vie privée de Sigmund Freud : on serait presque tenté de dire qu'il n'en a point eu, tant son existence personnelle, modestement reléguée à l'arrière-plan, suit un cours silencieux. Soixante-dix ans dans la même ville, plus de quarante ans dans la même maison. Ici, la consultation dans la même pièce, la lecture dans le même fauteuil, le travail littéraire devant le même bureau. *Pater familias* de six enfants, sans aucun besoin personnel, sans autre passion que celle du métier et de la vocation. Jamais un atome de son temps, parcimonieusement et pourtant généreusement utilisé, ne se perd en vue de grades et de dignités, en vaniteuses attitudes extérieures : jamais, pour la publicité, le créateur ne se campe devant l'œuvre créée ; chez cet homme, le rythme de la vie se soumet uniquement et totalement au rythme incessant, uniforme et patient du travail. Chacune des mille et mille semaines de ses soixante-quinze ans est enfermée dans le cercle unique d'une activité délimitée, chaque jour est pareil à l'autre. Pendant toute la session universitaire, conférence une fois par semaine ; le mercredi soir, régulièrement, selon la méthode

socratique, un symposion intellectuel au milieu des
disciples ; le samedi après-midi une partie de cartes ; à
part cela, du matin au soir, ou plutôt à minuit, chaque
minute, chaque seconde, est employée à l'analyse, au
traitement des malades, à l'étude, à la lecture et à la
tâche scientifique. Cet inexorable calendrier de travail
ne connaît pas de feuilles blanches, cette journée sans
fin, au cours d'un demi-siècle, ne compte pas une seule
heure de repos d'esprit. L'activité perpétuelle est aussi
naturelle à ce cerveau toujours en mouvement que l'est
au cœur le battement régénérateur du sang ; le travail,
chez Freud, n'apparaît pas comme une action soumise
à la volonté, mais au contraire comme une fonction
permanente et inhérente à l'individu. L'indéfectibilité
de ce zèle et de cette vigilance est précisément le trait
le plus surprenant de son être intellectuel : la norme
se mue en phénomène. Depuis quarante ans Freud
se livre journellement à huit, neuf, dix, parfois même
onze analyses ; c'est-à-dire que neuf, dix, onze fois,
il se concentre pendant une heure entière, dans une
tension extrême, presque palpitante, de manière à ne
faire qu'un avec son « sujet », dont il écoute et pèse
chaque parole, cependant que sa mémoire, jamais en
défaut, lui permet de comparer simultanément les
données de la psychanalyse présente à celles de toutes
les séances précédentes. Il vit ainsi au cœur de cette
personnalité étrangère, tandis qu'en même temps, éta-
blissant le diagnostic de l'âme, il l'observe du dehors.
Et tout d'un coup, à la fin de cette séance, il doit quitter ce malade, entrer dans la vie du suivant, et cela
huit, neuf fois par jour – gardant en lui, sans annotations ni moyens mnémoniques, les fils séparés de centaines et de centaines de destins, qu'il domine et dont
il discerne les ramifications les plus délicates.

Un effort aussi constamment renouvelé exige une vigilance de l'esprit, un guet de l'âme, une tension des nerfs que personne d'autre ne serait de taille à supporter plus de deux ou trois heures. Mais la vitalité étonnante de Freud, sa surforce dans le domaine de la puissance intellectuelle, ne connaît point l'épuisement ni la lassitude.

Lorsque bien tard, le soir, le travail analytique, la journée de neuf ou dix heures au service de l'humain sont terminés, l'autre travail commence, celui que le monde croit être sa tâche unique : l'élaboration créatrice des résultats. Et ce labeur gigantesque, pratiqué sans arrêt sur des milliers d'hommes et qui se répercute sur des millions, s'opère tout le long d'un demi-siècle, sans aide, sans secrétaire, sans assistant ; chaque lettre de Freud est manuscrite, ses recherches sont poursuivies jusqu'au bout par lui seul et c'est sans faire appel au moindre concours qu'il donne leur forme définitive à tous ses travaux. Seule la régularité grandiose de sa puissance créatrice trahit sous la surface banale de cette existence l'élément foncièrement démoniaque. Ce n'est que dans la sphère de la création que cette vie apparemment normale révèle ce qu'il y a en elle d'unique et d'incomparable.

Cet instrument de précision, qui pendant des décennies fonctionne sans jamais s'arrêter ni faiblir ni dévier, serait inconcevable si la matière n'en était parfaite. Comme chez Haendel, Rubens et Balzac, créateurs torrentiels, la surabondance intellectuelle découle chez Freud d'une santé splendide. Jusqu'à l'âge de soixante-dix ans, ce grand médecin n'a jamais été gravement malade, ce profond explorateur de toutes les maladies nerveuses n'a jamais ressenti le moindre trouble nerveux ; cet investigateur lucide de toutes les anomalies de l'âme, ce sexualiste tant décrié, est resté toute une vie, dans ses manifestations personnelles, d'une uniformité et d'une santé étonnantes. Ce corps ne connaît même pas par expérience les malaises les plus ordinaires, les plus quotidiens, qui viennent troubler le travail intellectuel, et il n'a pour ainsi dire jamais connu la migraine, ni la fatigue. Pendant des dizaines d'années, Freud n'a jamais eu besoin de consulter un confrère, jamais une indisposition ne l'a obligé à remettre un cours. Ce n'est qu'à l'âge patriarcal qu'une maladie maligne s'efforce de briser cette santé polycratique. Mais en vain. À peine la blessure est-elle cicatrisée que, sur-le-champ et sans diminution aucune, reprend l'ancienne vitalité. Pour Freud, la santé va avec la respiration, l'état de veille avec le travail, la création avec la vie. Et plus est vive et continue la tension du jour, plus est complète, pour ce corps taillé dans le roc, la détente nocturne. Un sommeil bref, mais total, renouvelle de matin en matin cette vigueur magnifiquement normale et en même temps magnifiquement surnormale de l'esprit. Freud, quand il dort, dort très profondément, et quand il veille, est formidablement éveillé.

L'image extérieure de l'être ne contredit point cet équilibre complet des forces intérieures. Proportions parfaites de tous les traits, aspect essentiellement harmonieux. La taille ni trop grande ni trop petite, le corps ni trop lourd ni trop frêle : partout et toujours une moyenne véritablement exemplaire. Depuis des années les caricaturistes désespèrent en face de ce visage dont l'ovale parfaitement régulier ne donne aucune prise à l'exagération du dessin. C'est en vain qu'on range côte à côte les portraits de ses jeunes années pour y saisir quelque trait dominant, quelque signe caractéristique.

Et à trente, à quarante, à cinquante ans, ces images ne
nous montrent qu'un bel homme, un homme viril, un
monsieur aux traits réguliers, trop réguliers peut-être.
L'œil sombre et concentré trahit, il est vrai, l'être intellectuel, mais avec la meilleure volonté on ne trouve
dans ces photographies pâlies rien d'autre qu'un de
ces visages de savants, d'une virilité idéalisée, à la
barbe soignée, tels qu'aimaient en peindre Lenbach
et Makart, ténébreux, grave et doux, mais en somme
rien moins que révélateur. On croit déjà devoir renoncer à toute étude caractérologique devant ce visage
enfermé dans sa propre harmonie. Mais soudain les
dernières photos commencent à parler. Seul l'âge, qui
chez la plupart des hommes dissout les traits personnels et les émiette en argile grise, seule la vie patriar-
cale, la vieillesse et la maladie, de leur ciseau créateur,
donnent au visage de Freud un caractère spécial
indéniable. Depuis que les cheveux grisonnent, que
la barbe n'encadre plus aussi richement le menton
obstiné, que la moustache ombrage moins la bouche
sévère, depuis que s'avance le soubassement osseux
et cependant plastique de sa figure, quelque chose
de dur, d'incontestablement offensif, se découvre : la
volonté inexorable, pénétrante et presque irritée de
sa nature. Plus profond, plus sombre, le regard, jadis
simplement contemplateur, est maintenant aigu et
perçant ; un pli amer et méfiant fend comme une blessure le front découvert et sillonné de rides. Les lèvres
minces et serrées se ferment comme sur un « non » ou
un « ce n'est pas vrai ». Pour la première fois on sent
dans le visage de Freud la rigueur et la véhémence de
son être, et l'on devine que ce n'est point là un *good
grey old man*, que l'âge a rendu doux et sociable, mais
un analyste impitoyable, qui ne se laisse duper par

personne et n'admet point de duperie. Un homme devant lequel on aurait peur de mentir, qui, de son regard soupçonneux et décoché comme une flèche du fond de l'obscurité, barre la route à tout faux-fuyant et empêche d'avance toute échappatoire ; un homme au visage tyrannique peut-être, plutôt que libérateur, mais doué d'une admirable intensité de pénétration ; non pas un simple contemplateur, mais un psychologue inexorable.

Qu'on n'essaie point d'affadir le masque de cet homme, d'atténuer sa dureté biblique, ou l'énergique intransigeance qui flamboie dans l'œil presque menaçant du vieux lutteur. Car si cette énergie tranchante et implacable avait manqué à Freud, son œuvre eût été privée de ce qu'elle contient de meilleur et de plus décisif. Comme Nietzsche avec le marteau, Freud a philosophé toute une vie avec le scalpel : ces instruments-là ne peuvent guère être maniés par des mains indulgentes et douces. L'obligeance, la complaisance, la politesse et la compassion seraient absolument inconciliables avec la pensée radicale de sa nature créatrice, dont le sens et la mission sont uniquement la révélation des extrêmes et non leur harmonisation. La volonté combative de Freud exige toujours le pour ou le contre nets, le oui ou le non, mais pas de « qui sait » et de « néanmoins », de « cependant » et de « peut-être ». Quand il s'agit de raison et d'avoir raison dans le domaine de l'esprit, Freud ne connaît ni réserves ni ménagements, ni compromis ni pitié : comme Jahvê, l'Éternel, il pardonne moins à un tiède qu'à un apostat. Les à peu près n'ont pas de valeur pour lui, il n'est tenté que par la vérité cent pour cent. Toute pénombre, autant dans les relations personnelles d'homme à homme que dans ces sublimes

clairs-obscurs intellectuels de l'humanité que l'on qualifie d'illusions, provoque inévitablement son besoin
violent et presque exacerbé de diviser, de délimiter,
d'ordonner – son regard veut ou doit toujours faire
ressortir les phénomènes avec l'acuité de la lumière
directe.

Voir clair, penser clair, agir clair, n'est pas pour
Freud un effort ni un acte de sa volonté ; le besoin
d'analyser est, chez lui, instinctif, inné, organique et
irrépressible. Quand Freud ne comprend pas entièrement et immédiatement une chose, il est incapable
d'épouser le point de vue de qui que ce soit ; ce qui ne
lui paraît point clair du fond de lui-même, personne
ne peut le lui éclaircir. Son œil, comme son esprit,
est autocratique et absolument intransigeant ; et c'est
dans la lutte, lorsqu'il est dressé seul contre des ennemis cent fois supérieurs en nombre, que se déploie en
sa plénitude l'instinct agressif de cette volonté intellectuelle que la nature a faite tranchante comme un
couperet.

Dur, sévère et impitoyable pour les autres, Freud ne
l'est pas moins envers lui-même. Exercé à la méfiance,
accoutumé à dépister la moindre fausseté jusque dans
les replis les plus secrets de l'inconscient, à démas-
quer derrière chaque aveu une confession encore plus
sincère, sous chaque vérité une vérité plus profonde,
il applique à sa propre personne la vigilance de ce
contrôle analytique. C'est pourquoi le mot si souvent
employé de « penseur audacieux » me paraît fort mal
convenir à Freud. Sa pensée n'a rien de l'improvisa-
tion, à peine quelque chose de l'intuition. Ce n'est
point un étourdi qui modèle des formules en un tour
de main : il hésite parfois des années avant de muer
ouvertement une supposition en affirmation ; pour un

génie constructif comme le sien, des généralisations prématurées, des sauts périlleux de l'intellect, seraient de véritables contresens. N'allant qu'à petits pas, avec circonspection et sans jamais éprouver la moindre exaltation, Freud dépiste le premier tout ce qui n'est pas sûr ; on trouve dans ses écrits maints avertissements qu'il s'adresse à lui-même, tels que : « Ceci n'est qu'une hypothèse », ou : « Je sais que sous ce rapport j'ai peu de nouveau à dire. » Le vrai courage de Freud commence tard, avec la certitude. C'est seulement lorsque cet impitoyable désillusionniste s'est entièrement convaincu lui-même, a triomphé de sa propre méfiance, a surmonté sa crainte d'enrichir la chimère du monde d'une illusion nouvelle, qu'il expose sa conception. Mais dès qu'il a admis et défendu publiquement une idée, elle entre dans son sang et sa chair, devient une partie de son existence intellectuelle, et aucun Shylock ne pourrait en exciser une once de son corps vivant. La certitude de Freud s'affirme tard : mais une fois acquise, elle ne peut plus être brisée.

Cette ténacité, cette énergie à maintenir son point de vue envers et contre tous, les adversaires irrités de Freud l'ont traitée de dogmatisme, et même ses partisans s'en sont plaints à voix basse ou haute. Mais ce caractère entier de Freud est indissolublement lié à sa nature : il découle d'une attitude non pas volontaire, mais spontanée, d'une façon particulière de voir les choses. Ce qu'embrasse son regard créateur, il le voit comme si personne avant lui ne l'avait vu. Quand il pense, il oublie ce que d'autres ont pensé sur le même sujet. Il perçoit ses problèmes sur un mode naturel et indéniable, et quel que soit l'endroit où il entrouvre le livre sibyllin de l'âme humaine, il tombe toujours sur une nouvelle page ; avant même que sa pensée critique s'en soit emparée, son œil a déjà accompli la création. On peut corriger une erreur d'opinion, mais jamais modifier la perception créatrice d'un regard : la vision est hors de toute influence, la création au-delà de la volonté ; qu'est-ce donc que nous qualifions de création, sinon ce don de voir des choses archivieilles et immuables comme si jamais ne les avait illuminées l'étoile d'un œil humain, d'exprimer ce qui fut dit mille fois avec autant de fraîcheur virginale que si jamais la bouche d'un mortel ne l'avait prononcé ? Impossible à apprendre, cette magie de la vision intuitive du savant est en même temps impossible à éduquer, et l'obstination avec laquelle une nature géniale maintient sa première et unique vision n'est point de l'entêtement, mais une inéluctable nécessité.

C'est pourquoi Freud n'essaie jamais de convaincre, de persuader, d'enjôler ses lecteurs et ses auditeurs. Il expose, c'est tout. Sa loyauté sans réserve renonce absolument à servir même les pensées qui lui semblent les plus importantes sous une forme poétiquement séduisante et, en adoucissant l'expression, à faciliter aux âmes sensibles la digestion des parties dures et amères. Comparée à la prose enivrante de Nietzsche, qui toujours fait jaillir les feux d'artifice les plus fous de l'art et de l'artisterie, la sienne paraît de prime abord incolore, sobre et froide. La prose de Freud ne fascine pas, ne conquiert pas ; elle renonce totalement à toute poétisation, à toute eurythmie musicale (il lui manque, comme il l'avoue lui-même, tout penchant intérieur à la musique – évidemment dans le sens de Platon qui l'accuse de troubler la pensée pure). Et c'est précisément le but unique de Freud, qui agit selon le mot de Stendhal : « Pour être bon philosophe, il faut être sec, clair, sans illusion. » La clarté, dans le langage comme dans toutes les manifestations humaines, lui paraît l'Optimum et l'Ultimum ; il subordonne toutes les valeurs artistiques, comme secondaires, à cette netteté et à cette luminosité et il obtient ainsi le tranchant diamantin des contours auquel il doit l'incomparable *vis plastica* de son style. Prose latine, prose romaine, dénuée de tout ornement, s'en tenant, rigide, à son sujet, elle ne le survole jamais à la façon des poètes, mais l'exprime en mots durs et drus. Elle n'enjolive pas, n'accumule pas les vocables, elle n'est pas touffue, elle évite les répétitions ; elle est, jusqu'à la limite, avare d'images et de comparaisons. Mais quand elle en choisit une, elle est puissamment persuasive et porte comme une balle. Certaines formules de Freud ont la sensualité translucide des gemmes taillées et se dressent dans la clarté glacée de sa prose comme des camées enchâssés dans des coupes de cristal. Chacune d'elles est inoubliable. Au cours de ses démonstrations philosophiques, Freud n'abandonne pas une seule fois le droit chemin – il hait les circonlocutions stylistiques autant que les déviations intellectuelles – et dans toute son œuvre si vaste on ne trouve pas une seule phrase qui ne soit nettement accessible, sans effort, même à un homme de culture moyenne. Son expression, comme sa pensée, tend toujours à une précision quasi géométrique : seul un style apparemment terne, mais en réalité d'une extrême luminosité, pouvait servir son effort vers la clarté.

Tout génie, dit Nietzsche, porte un masque. Freud a choisi l'un des masques les plus impénétrables : celui de la discrétion. Sa vie extérieure dissimule une puissance démoniaque de travail sous une sorte de bourgeoisisme sobre de philistin. Son visage : le génie créateur sous des traits calmes et réguliers. Son œuvre,

hardie et révolutionnaire à l'extrême, revêt les dehors
modestes propres aux méthodes universitaires d'une
science naturelle exacte. La froideur incolore de son
style cache l'art cristallin de sa puissance créatrice.
Génie de la sobriété, il aime manifester ce qui, en son
être, est sobre et non ce qui est génial. Seule apparaît
d'abord la mesure, le démesuré se révèle plus tard en
profondeur. En toutes choses Freud est plus qu'il ne
veut paraître, et cependant, en chacune de ses manifestations, il demeure le même sans équivoque. Car là
où domine et s'épanouit en l'homme la loi de l'unité
supérieure, elle transparaît et s'incarne triomphale-
ment dans tous les éléments de son être, vie, œuvre,
style et aspect.

CHAPITRE III

Le point de départ

« Dans ma jeunesse, pas plus qu'ensuite, d'ailleurs, je n'ai jamais ressenti de préférence spéciale pour la situation et le métier de médecin », avoue Freud dans l'histoire de sa vie, avec cette franchise inexorable envers lui-même, si caractéristique de son être. Mais à cet aveu viennent encore s'ajouter ces paroles riches d'éclaircissements : « J'étais plutôt mû par une sorte de soif de savoir, qui se rapportait aux relations humaines bien plus qu'aux objets naturels. » Mais à ce penchant intime ne correspond aucune branche, le programme d'études médicales de l'Université de Vienne ne connaît pas de matière d'enseignement intitulée « Relations humaines ». D'autre part, comme le jeune étudiant doit songer bientôt à gagner son pain, il ne peut s'abandonner longuement à ses préférences et il se voit forcé de marquer patiemment le pas avec les autres pendant les douze semestres prescrits. Comme étudiant, déjà, Freud travaille sérieusement à des recherches indépendantes ; ses devoirs universitaires, il les remplit, par contre, selon son sincère aveu, « assez négligemment » et n'obtient son diplôme de docteur en médecine qu'en 1881, à l'âge de vingt-cinq ans, « avec un assez grand retard ».

C'est le sort d'un grand nombre : en cet homme, incertain de sa voie, se prépare une vocation mystérieuse de l'esprit, qu'il doit échanger avant tout contre une profession qui ne lui dit rien. Car dès le début l'artisanat de la médecine, la partie classique et la technique curative n'attirent guère cet esprit fixé sur l'universel. Psychologue-né – ce qu'il ignorera longtemps – le jeune médecin cherche toutefois instinctivement à transporter son champ d'activité théorique dans le voisinage de l'âme. Il choisit donc comme spécialité la psychiatrie, et s'occupe de l'anatomie du cerveau, car alors il n'est pas encore question dans les auditoires médicaux de la psychologie de l'individu pris en particulier ; cette science de l'âme dont nous ne pouvons plus nous passer aujourd'hui, Freud devra nous l'inventer. La conception mécanique de l'époque considère toute anomalie de l'âme uniquement comme une déviation des nerfs, comme une dépravation ; on est dominé par l'inébranlable illusion de pouvoir, grâce à une connaissance toujours plus approfondie des organes et à des expériences dans le domaine animal, calculer exactement un jour le mécanisme de l'âme et en corriger toute déviation. C'est pourquoi l'atelier de psychologie est, à cette époque, situé dans le laboratoire de physiologie, où l'on croit faire des expériences concluantes en recourant à la lancette, au scalpel, au microscope et aux appareils de réaction électriques pour mesurer les oscillations et les vibrations des nerfs. Freud, lui aussi, doit s'asseoir d'abord à la table de dissection et rechercher à l'aide de toutes sortes d'appareils techniques des causes qui, en réalité, ne se manifestent jamais sous une forme matérielle. Il travaille pendant plusieurs années dans le laboratoire des célèbres anatomistes Brücke et Meynert, qui ne tardent pas à reconnaître chez le jeune assistant le don inné de la découverte créatrice et indépendante. Tous deux cherchent à l'avoir comme collaborateur permanent.

S'il le veut, le jeune médecin donnera même à la place du maître Meynert un cours sur l'anatomie du cerveau. Mais une force intérieure résiste inconsciemment chez Freud. Peut-être son instinct pressent-il la destinée qui l'attend ; quoi qu'il en soit, il décline la proposition flatteuse. D'ailleurs, ses travaux histologiques et cliniques conformes à la méthode universitaire suffisent déjà à le faire nommer agrégé de neurologie à l'Université de Vienne.

Agrégé de neurologie, c'est, à ce moment-là, pour un médecin sans fortune et âgé de vingt-neuf ans seulement, un titre envié et une fonction lucrative. Maintenant Freud devrait soigner ses malades, d'année en année, sans s'éloigner du droit chemin, selon la brave méthode universitaire prescrite et consciencieusement apprise, et il pourrait faire une carrière brillante. Mais déjà se manifeste chez lui cet instinct si caractéristique d'autocontrôle, qui toute sa vie l'entraînera toujours plus loin et plus en avant. Car ce jeune professeur reconnaît loyalement ce que tous les autres neurologues se dissimulent entre eux et souvent à eux-mêmes, à savoir que toute la technique du traitement nerveux des phénomènes psychogènes, telle qu'elle se présente en 1885, est totalement inopérante, incapable d'apporter aucun secours et se trouve acculée à une impasse. Mais comment en pratiquer une autre, puisque à Vienne on n'enseigne que celle-là ? Ce qu'on pouvait apprendre des maîtres viennois en 1885 (et bien plus tard encore), le jeune professeur l'a appris jusqu'au dernier détail : observation clinique scrupuleuse et anatomie d'une exactitude parfaite, sans oublier les vertus fondamentales de l'école de Vienne qui sont la conscience la plus rigoureuse dans le travail et une application inexorable. Au-delà, que

pourrait-il glaner chez des hommes qui n'en savent pas
plus que lui ? C'est pourquoi la nouvelle qu'à Paris,
depuis plusieurs années, on fait de la psychiatrie selon
une méthode tout à fait différente de celles admises
en Autriche exerce sur Freud une tentation irrésis-
tible. Surpris et méfiant, mais extrêmement attiré, il
apprend donc que Charcot, spécialiste de l'anatomie
du cerveau, fait de singulières expériences à l'aide de
cette infâme et maudite hypnose, frappée à Vienne
d'excommunication depuis le jour où – Dieu merci ! –
on chassa de la ville François-Antoine Mesmer.

Freud se rend tout de suite compte que de loin, sur
les seuls rapports des revues médicales, on ne peut se
faire une idée réelle de ces expériences ; il faut les voir
soi-même pour pouvoir en juger. Guidé par ce flair
intérieur mystérieux qui fait deviner aux créateurs
leur voie véritable, Freud décide de se rendre à Paris.
Son maître Brücke soutient la requête du jeune médecin sans fortune qui demande une bourse de voyage.
On la lui accorde. Et en 1886, pour commencer de
nouvelles études, pour apprendre avant d'enseigner,
le jeune professeur part pour Paris.

Il se trouve immédiatement dans une autre atmosphère. Bien que Charcot, comme Brücke, soit parti
de l'anatomie pathologique, il l'a dépassée. Dans son
livre célèbre *La foi qui guérit*, le grand Français a étudié les conditions psychologiques des miracles religieux rejetés jusque-là comme invraisemblables par
la morgue scientifique médicale et établi certaines
lois typiques dans leurs manifestations. Au lieu de
nier les faits, il les a interprétés et s'est approché avec
la même absence de préjugés de tous les autres systèmes de cures miraculeuses, y compris le fameux
mesmérisme. Pour la première fois Freud rencontre

un savant qui, à l'encontre de son école de Vienne,
ne rejette pas l'hystérie d'avance avec mépris comme
une simulation mais examine cette maladie de l'âme,
la plus intéressante, parce que la plus plastique de
toutes, et prouve que ses crises et ses accès sont les
suites de bouleversements intérieurs et doivent avoir
des causes psychiques. Au cours de conférences
publiques, Charcot démontre sur des patients hypno-
tisés que ces paralysies typiques peuvent être provo-
quées ou supprimées par la suggestion à n'importe
quel moment de l'état de sommeil somnambulique,
que, par conséquent, elles ne constituent pas de
simples réflexes physiologiques, mais sont soumises
à la volonté. Bien que les détails de sa doctrine ne
réussissent pas toujours à persuader le jeune médecin viennois, ce dernier est puissamment impres-
sionné par le fait qu'à Paris la neurologie reconnaît
et tient compte non seulement des causes physiques,
mais aussi psychiques et même métapsychiques. Il
voit avec joie qu'ici la psychologie se rapproche de
l'antique science de l'âme, et il se sent plus attiré par
cette méthode intellectuelle que par celle qu'on lui
a enseignée jusque-là. Dans cette nouvelle sphère
d'activité Freud a de nouveau le bonheur – mais
peut-on qualifier de bonheur ce qui n'est au fond
que l'éternelle et réciproque divination instinctive
des esprits supérieurs ? – d'éveiller chez ses maîtres
un intérêt particulier. De même que Brücke, Meynert
et Nothangel, à Vienne, Charcot discerne immédiatement en Freud une nature créatrice et l'attire dans
sa sphère intime. Il le charge de la traduction de
ses œuvres en allemand et l'honore de sa confiance.
Lorsque Freud, quelques mois plus tard, retourne à
Vienne, son image intérieure du monde est changée.

La voie de Charcot, il le sent vaguement, n'est pas complètement la sienne ; ce savant, lui aussi, s'occupe encore trop de l'expérience physique et trop peu de ce qu'elle révèle dans le domaine de l'âme. Mais ces quelques mois à eux seuls ont fait mûrir chez le jeune médecin une volonté d'indépendance et un courage nouveaux. Il peut commencer maintenant son propre travail créateur.

Il est vrai qu'il reste d'abord une petite formalité à remplir. Tout bénéficiaire d'une bourse de voyage de l'Université est tenu, à son retour, de faire un rapport sur ses expériences scientifiques à l'étranger. Freud présente le sien à la Société des médecins. Il parle des nouvelles méthodes de Charcot et décrit ses expériences hypnotiques à la Salpêtrière. Mais depuis François-Antoine Mesmer, les milieux médicaux viennois se méfient terriblement de tout ce qui est hypnose.

On passe avec un sourire dédaigneux sur la communication de Freud, à savoir qu'il est possible de provoquer artificiellement les symptômes de l'hystérie ; quant à l'annonce qu'il existe même des cas d'hystérie masculine, elle éveille chez ses collègues une franche gaieté. Au début on lui tape avec bienveillance sur l'épaule en le raillant de s'être laissé conter à Paris de pareilles balivernes ; mais comme Freud ne cède pas, on ferme ensuite à l'indigne apostat le sanctuaire du laboratoire de psychiatrie, où – Dieu soit loué ! – on fait encore de la psychologie « sérieuse et scientifique ».

Depuis lors, Freud est demeuré la bête noire de l'Université de Vienne, jamais plus il n'a franchi le seuil de la Société des médecins et ce n'est que grâce à la protection privée d'une malade influente (comme il le confesse gaiement lui-même) qu'il obtint, après des années, le titre de professeur extraordinaire. Mais l'illustre Faculté ne se souvient qu'à contrecœur qu'il appartient au personnel académique. Le jour de son soixante-dixième anniversaire elle préfère même nettement ne pas s'en souvenir et se dispense de tout message et de toute congratulation. Freud n'est jamais devenu *titulaire* d'une chaire de professeur ; il est resté ce qu'il était dès le début : un professeur extraordinaire parmi des professeurs ordinaires !

En s'opposant à la méthode mécanique de la neurologie, qui s'efforçait de guérir les maladies de l'âme exclusivement par les excitations cutanées ou des médicaments, Freud a non seulement gâché sa carrière académique, mais il a aussi perdu sa clientèle privée. Désormais, il doit se débrouiller seul. À peine a-t-il alors dépassé le côté négatif de la question : s'il sait que par l'étude anatomique du cerveau et l'usage de l'appareil à mesurer les réactions nerveuses on ne peut espérer faire des découvertes psychologiques décisives et que seule une méthode entièrement différente, avec un tout autre point de départ, permettrait d'approcher les mystérieux enchevêtrements de l'âme, il s'agit maintenant de trouver ou plutôt d'inventer cette méthode. C'est à quoi Freud se consacrera passionnément pendant les cinquante années qui vont suivre. Paris et Nancy lui ont fourni certaines indications qui le mettent sur la voie. Mais dans la sphère scientifique, tout comme dans l'art, une pensée unique ne peut jamais donner naissance à des formes définitives ; la fécondation véritable ne se produit que par le croisement d'une idée et d'une expérience. Il suffit alors de la moindre impulsion pour que s'affirme la force créatrice.

C'est sa collaboration amicale avec le docteur Joseph Breuer, son aîné, que Freud a rencontré naguère au laboratoire de Brücke, qui va donner cette impulsion. Breuer, médecin très occupé, fort actif dans le domaine de la science sans être lui-même créateur, avait entretenu Freud, déjà avant son voyage à Paris, d'un cas d'hystérie chez une jeune fille, qu'il avait réussi à guérir d'une façon imprévue. La patiente présentait les phénomènes ordinaires de cette maladie : paralysies, contractures, inhibitions, obscurcissement de la conscience.

Or, Breuer avait observé que cette jeune fille se sentait libérée, qu'il se produisait une amélioration temporaire dans son état chaque fois qu'elle pouvait lui parler d'elle abondamment. Le docteur, intelligent, écoutait donc patiemment la malade donner libre cours à sa fantaisie affective. Ainsi la jeune fille racontait, et racontait. Mais durant ces « confessions » abruptes, sans aucun lien, Breuer flairait que la malade évitait toujours intentionnellement l'essentiel, ce qui avait joué un rôle décisif dans l'éclosion de son hystérie. Il s'aperçut que cet être savait sur lui-même quelque chose qu'il ne voulait pas savoir et qu'en conséquence il réprimait. Pour dégager la voie encombrée conduisant à l'événement caché, il vient à l'idée de Breuer d'hypnotiser régulièrement la jeune fille. Dans cet état où la volonté est supprimée, il espère pouvoir balayer d'une façon radicale toutes les inhibitions qui s'opposent encore à l'éclaircissement définitif. En effet, sa tentative réussit ; en état d'hypnose, où toute pudeur est abolie, la jeune fille exprime librement ce qu'elle avait avec tant d'obstination dissimulé au médecin et avant tout à elle-même : au chevet de son père malade elle avait éprouvé et réprimé certains sentiments. Ces sentiments refoulés pour des raisons de décence avaient trouvé ou plutôt inventé comme dérivatif les symptômes maladifs constatés. Car chaque fois que la jeune fille les avoue en état d'hypnose, leur substitut, le symptôme hystérique, disparaît immédiatement. Breuer poursuit systématiquement le traitement dans ce sens. Dans la mesure où il éclaire la malade sur elle-même, les phénomènes hystériques dangereux s'effacent – ils sont devenus inutiles. Au bout de quelques mois, la patiente est renvoyée complètement guérie.

Ce cas curieux, Breuer l'avait donc raconté, comme exceptionnellement remarquable, à son jeune collègue. Ce qui le satisfait le plus, lui, dans ce traitement, c'était la guérison d'une névrosée. Mais Freud, avec son profond instinct, devine sur-le-champ sous la thérapeutique dévoilée par Breuer une loi beaucoup plus vaste, à savoir que les « énergies de l'âme sont déplaçables », qu'il doit exister dans le subconscient une force agissante qui métamorphose les sentiments arrêtés dans leur cours naturel (ou, comme nous disons depuis, non « abréagis ») et les porte vers d'autres manifestations psychiques ou physiques. Le cas trouvé par Breuer montre en quelque sorte sous un angle nouveau les expériences rapportées de Paris ; les deux amis décident de travailler ensemble pour suivre jusque dans les ténèbres la trace découverte. Les œuvres qu'ils écrivent alors en collaboration : *Sur le mécanisme psychique des phénomènes hystériques* (1893) et *Études sur l'hystérie* (1895) représentent le premier exposé de ces idées nouvelles ; en elles brille l'aurore d'une psychologie entièrement différente de celle qui est admise. Au cours de leurs recherches communes, il est établi pour la première fois que

l'hystérie n'est pas due, comme on le croyait jusque-
là, à une maladie organique, mais à un trouble provoqué par un conflit intérieur, dont le malade lui-même
ne se rend pas compte ; sous la pression exercée par
le conflit se forment ces symptômes, ces déviations
maladives. Les troubles psychiques sont engendrés
par une rétention des sentiments comme la fièvre par
une inflammation interne. Et de même que la fièvre
tombe dès que la suppuration trouve une issue, de
même cessent les violentes manifestations de l'hystérie dès que l'on arrive à dégager le sentiment « ren-
tré » et refoulé, « à diriger sur des voies normales où
elle s'affirme librement la force affective détournée et
pour ainsi dire étranglée qui s'employait à maintenir
le symptôme ».

Au début, Breuer et Freud recourent à l'hypnose comme instrument de libération psychique. À
cette époque préhistorique de la psychanalyse, elle ne
constitue aucunement un remède en soi, mais simplement un moyen de secours. Sa tâche est uniquement
d'aider à arrêter les crises du sentiment : elle représente
pour ainsi dire l'anesthésique pour l'opération à faire.
C'est seulement lorsque les entraves de l'état de veille
conscient sont tombées que le malade exprime librement ce qu'il a de plus secret ; le seul fait de la confession diminue la pression angoissante. On procure
un exutoire à une âme qui étouffe ; c'est l'affranchissement de la tension que la tragédie grecque chante
comme un bonheur et une délivrance ; Breuer et Freud
qualifièrent donc d'abord leur méthode de « cathartique », dans le sens de la « catharsis » d'Aristote.
Grâce à la connaissance de soi-même, la déviation
maladive et artificielle devient superflue, le symptôme
qui n'avait qu'un sens symbolique disparaît.

Breuer et Freud étaient arrivés en commun à ces résultats importants, décisifs même. Mais là leur chemin bifurque. Breuer, le médecin, redoutant les dangers de cette incursion dans le domaine de l'âme, se retourne vers le côté médical ; lui, ce qui l'intéresse surtout, ce sont les moyens de guérir l'hystérie, de supprimer les symptômes. Quant à Freud, qui vient seulement de découvrir en lui le psychologue, il est essentiellement fasciné par le phénomène psychique, par le mystère qui l'éclaire du processus de transformation des sentiments. La découverte que ceux-ci peuvent être refoulés et remplacés par des symptômes excite plus violemment encore sa curiosité ; il pressent que tout le problème du mécanisme psychique est là. Car si les sentiments peuvent être refoulés, qui les refoule ? Où sont-ils refoulés ? Selon quelles lois des forces se transportent-elles du psychique dans le physique, et où se produisent ces transformations incessantes dont l'homme conscient ne sait rien et dont il sait pourtant beaucoup dès qu'on le force à savoir ? Une sphère inconnue où la science, jusqu'ici, n'avait encore osé pénétrer, s'ébauche vaguement devant Freud ; il s'aperçoit au loin des contours nébuleux d'un monde nouveau : l'Inconscient. Désormais il se consacrera passionnément à « l'étude de la région inconsciente de la vie de l'âme ». La descente dans l'abîme a commencé.

CHAPITRE IV

Le monde de l'inconscient

Vouloir oublier ce que l'on sait, rétrograder artificiellement d'un niveau plus élevé à une conception plus naïve, exige toujours un effort particulier. C'est pourquoi il est déjà difficile aujourd'hui de se représenter la façon dont le monde scientifique de 1900 comprenait la notion de l'inconscient. La psychologie pré-freudienne n'ignorait pas, bien entendu, que nos possibilités psychiques ne sont pas entièrement épuisées par l'activité consciente de la raison, qu'il existe derrière cela une autre puissance qui agit en quelque sorte à l'ombre de notre vie et de notre pensée. Mais ne sachant que faire de cette connaissance, elle ne tenta jamais de transporter réellement la notion de l'inconscient dans le domaine de la science et de l'expérience. La psychologie de cette époque-là ne s'occupe des phénomènes psychiques que dans la mesure où ils pénètrent dans le cercle illuminé par la conscience. Pour elle, c'est un contresens – une *contradictio in adjecto* – que de vouloir faire de l'inconscient un objet de la conscience. Le sentiment n'est considéré comme tel que dès qu'on le ressent nettement, la volonté dès qu'elle veut activement; mais tant que les manifestations psychiques ne s'élèvent pas au-dessus de la surface de la vie consciente, la psychologie d'alors les écarte de l'esprit comme des impondérables dont on ne peut tenir compte.

Freud transporte dans la psychanalyse le terme technique « inconscient », mais il lui donne un tout autre sens que la philosophie scolaire. Pour Freud, le conscient ne constitue pas le seul acte psychique, ni l'inconscient, par conséquent, une catégorie absolument différente ou subordonnée; au contraire, il déclare énergiquement : tous les actes psychiques sont tout d'abord des produits de l'inconscient; ceux dont on prend conscience ne représentent pas une espèce différente ni supérieure; leur entrée dans le conscient, ils ne la doivent qu'à une action extérieure, telle la lumière venant éclairer un objet. Qu'elle soit invisible dans une pièce obscure ou qu'une lampe électrique la rende perceptible au regard, une table reste toujours une table. La lumière rend son existence matériellement plus sensible, mais ce n'est pas elle qui produit sa présence. Certes dans cet état de visibilité accrue on peut la mesurer plus exactement que dans l'obscurité, bien que dans les ténèbres même, par une autre méthode, en palpant et en tâtant, il eût été possible dans une certaine mesure de constater et délimiter sa nature. Mais, logiquement, la table invisible dans le noir appartient au monde physique tout autant que la table visible, et de même dans le domaine de la psychologie l'inconscient fait partie de l'âme autant que le conscient. Par conséquent, chez Freud, pour la première fois, « inconscient » ne signifie plus « inconnaissable »; doté d'un sens nouveau, le mot entre dans la science. Grâce à cette volonté étonnante de Freud d'examiner non seulement l'extérieur des phénomènes psychiques, mais aussi leur tréfonds et de sonder sous la surface du conscient avec une nouvelle attention et un autre instrument méthodologique la cloche à plongeur de sa psychologie abyssale, la psychologie

scolaire redevient enfin une véritable connaissance de
l'âme, une science vitale applicable et même curative.

L'œuvre géniale de Freud, c'est cette réforme fondamentale, cette découverte d'une nouvelle terre
d'expériences, cet élargissement formidable du champ
d'action de l'âme. D'un seul coup la sphère psychique
perceptible multiplie son étendue antérieure et offre
à la science, sous la surface, la profondeur. Toutes
les mesures du dynamisme psychique sont bouleversées grâce à cette modification, apparemment insignifiante – après coup, les idées décisives apparaissent
toujours simples et allant de soi. Aussi est-il probable
qu'une future histoire de l'esprit comptera cet instant créateur de la psychologie parmi les plus grands
et les plus riches de conséquences, de même que les
simples déplacements de l'angle de vision intellectuel
de Kant et de Copernic ont transformé la pensée de
toute une époque. Aujourd'hui déjà l'image que se
font de l'âme les universités au début du siècle nous
semble être d'une gaucherie de bois gravé, étroite et
fausse comme une carte ptoléméenne, qui qualifie de
Cosmos une petite et misérable partie de l'univers
géographique. Rappelant ces cartographes naïfs, les
psychologues pré-freudiens voient tout simplement
une *terra incognita* dans les continents inexplorés
de l'âme, « inconscient » est pour eux un mot qui
remplace inconnaissable et inaccessible. Ils pensent,
certes, qu'il doit y avoir quelque part un réservoir obscur et stagnant de l'âme, où s'écoulent pour s'y enliser
tous nos souvenirs inutilisés, un magasin où l'oublié
et l'inemployé traînent sans but, un dépôt d'où
la mémoire tire, tout au plus, de temps en temps, à la
lumière de la conscience un quelconque objet. Mais la
conception fondamentale de la science pré-freudienne

est et reste celle-ci : ce monde inconscient en soi est entièrement inactif, absolument passif ; il représente une vie vécue et morte, un passé enterré, et, par là, sans aucune action, sans aucune influence sur nos sentiments présents.

À cette conception, Freud oppose la sienne : l'inconscient n'est en aucune façon le résidu de l'âme, il est au contraire sa matière première, dont seule une partie minime atteint la surface éclairée du conscient. Mais la partie principale, dite inconscient, qui ne se manifeste pas, n'est pas pour cette raison morte ou privée de dynamisme. En réalité, vivante et active, elle agit sur notre pensée et nos sentiments ; peut-être même représente-t-elle la partie la plus plastique de notre existence psychique. C'est pourquoi celui qui, dans toute décision, ne fait pas entrer en ligne de compte le vouloir inconscient, commet une erreur, car il exclut du calcul l'élément principal de nos tensions internes ; de même que l'on se tromperait grossièrement en évaluant la force d'un iceberg d'après la partie qui émerge de l'eau (son volume véritable restant caché sous la surface), de même se leurre celui-là qui croit que nos énergies conscientes, nos pensées claires, déterminent seules nos actions et nos sentiments. Notre vie ne se déroule pas librement dans la sphère du rationnel, mais cède à l'incessante pression de l'inconscient ; tout instant de notre vivante journée est submergé par les vagues d'un passé apparemment oublié. Notre monde supérieur n'appartient pas à la volonté consciente et à la raison logique dans la mesure orgueilleuse que nous supposons, car c'est des ténèbres de l'inconscient que jaillissent, comme des éclairs, les décisions essentielles et c'est dans les profondeurs de ce monde des instincts que se préparent les cataclysmes qui soudain boule-

versent notre destinée. C'est là que gîtent serrés les
uns contre les autres tous ces sentiments qui dans la
sphère consciente sont pratiquement enregistrés dans
les catégories du temps et de l'espace ; les désirs d'une
enfance oubliée, que nous croyions enterrée à jamais,
s'y meuvent impatiemment, et parfois, ardents et affa-
més, envahissent notre vie ; la terreur et l'effroi depuis
longtemps effacés de la mémoire consciente font mon-
ter tout à coup de l'inconscient leurs hurlements par
le fil conducteur des nerfs ; là se sont enracinés à notre
être non seulement les désirs de notre propre passé,
mais encore ceux des ancêtres barbares et des générations tombées en poussière. De ces profondeurs
sortent les plus caractéristiques de nos actions, de ce
mystère caché à nous-mêmes les soudaines illumina-
tions, la puissance surhumaine qui domine la nôtre.
Dans ce crépuscule habite le Moi antique dont notre
Moi civilisé ne sait plus rien ou ne veut plus rien savoir ;
mais tout à coup il se dresse, crève la mince couche de
civilisation qui le retenait et ses instincts primitifs et
indomptables se précipitent en nous, menaçants, car
c'est la volonté primordiale de l'inconscient de mon-
ter à la lumière, de devenir conscient et de se libérer
par l'action : « Puisque je suis, je dois agir. » À tout
instant, chaque fois que nous prononçons une parole,
que nous accomplissons un acte quelconque, nous
sommes obligés de réprimer ou plutôt de refouler des
mouvements inconscients ; notre sentiment éthique
ou civilisateur doit se défendre sans cesse contre le
barbare instinct de jouissance. Ainsi – vision formidable d'éléments pour la première fois évoqués par
Freud – toute notre vie psychique apparaît comme
une lutte incessante et pathétique entre le vouloir
conscient et inconscient, entre l'action responsable

et nos instincts irresponsables. Mais toute manifestation de ce qui est apparemment inconscient, même
si elle nous reste incompréhensible, possède un sens
précis ; faire comprendre à tout individu le sens de
ses élans inconscients, c'est la tâche future que Freud
exige d'une nouvelle et nécessaire psychologie. Nous
n'apprenons à connaître le monde des sentiments d'un
homme que lorsque nous pouvons éclairer ses régions
souterraines : nous ne pouvons découvrir la cause de
ses troubles et de ses désordres que lorsque nous des-
cendons tout au fond de l'âme. Ce dont l'homme a
conscience, le psychologue et le psychiatre n'ont pas
besoin de le lui enseigner. Le médecin ne peut vraiment secourir le malade que là où celui-ci ignore son
inconscient.

Mais comment descendre dans ces régions crépus-
culaires ? La science de l'époque ne connaît aucun
moyen. De plus elle avoue carrément l'impossibilité
de saisir les phénomènes du subconscient à l'aide de
ses appareils basés sur les principes de la mécanique.
L'ancienne psychologie ne pouvait donc poursuivre
ses recherches qu'à la lumière du jour, dans le monde
du conscient. Mais elle passait indifférente devant
l'homme muet ou celui qui parlait en rêve. Freud brise
et rejette cette conception comme un morceau de bois
vermoulu. Selon sa conviction, l'inconscient n'est pas
muet. Il s'exprime en d'autres signes et symboles, il est
vrai, que le conscient. Celui qui veut quitter sa surface
pour descendre dans son propre abîme doit avant tout
apprendre la langue de ce monde nouveau. Comme les
égyptologues devant la Rosette, Freud se met à interpréter signe après signe, puis il élabore un vocabulaire
et une grammaire de la langue de l'inconscient, pour
faire comprendre ces voix qui vibrent, tentations ou

avertissements, derrière nos paroles et notre état de
veille et auxquelles généralement nous obéissons plus
facilement qu'à notre bruyante volonté. Celui qui
comprend une nouvelle langue saisit un sens nouveau.
Ainsi Freud, avec sa nouvelle méthode de psychologie
abyssale, découvre un monde psychique inexploré :
grâce à lui seul, la psychologie scientifique, qui n'était
pas l'observation théorique des phénomènes de la
conscience, devient ce qu'elle aurait toujours dû être :
l'étude de l'âme. Un hémisphère du Cosmos intérieur
ne reste plus négligé, à l'ombre lunaire de la science.
Et dans la mesure où s'éclairent et se précisent les premiers contours de l'inconscient, se découvre de façon
toujours plus nette une perspective nouvelle sur la
structure grandiose et riche de sens de notre monde
psychique.

CHAPITRE V

Interprétation des rêves

> Comment les hommes ont-ils si peu
> réfléchi jusqu'alors aux accidents du som-
> meil, qui accusent en l'homme une double
> vie ? N'y aurait-il pas une nouvelle science
> dans ce phénomène ?... il annonce au
> moins la désunion fréquente de nos deux
> natures. J'ai donc enfin un témoignage
> de la supériorité qui distingue nos sens
> latents de nos sens apparents.
>
> BALZAC, *Louis Lambert*, 1833.

L'inconscient est le secret le plus profond de tout homme : la tâche que se propose la psychanalyse est de l'aider à le dévoiler. Mais comment un secret se révèle-t-il ? De trois manières. On peut arracher de force à un homme ce qu'il cache : ce n'est pas en vain que les siècles ont montré comment on desserre à l'aide de la torture les lèvres les plus obstinément closes. On peut, en combinant les données, deviner une chose dissimulée si l'on profite des brefs et fugitifs instants où son contour – comme le dos d'un dauphin au-dessus de l'impénétrable miroir de la mer – émerge de l'obscurité. Enfin, on peut guetter avec beaucoup de patience le moment où, à l'état de vigilance relâchée, le secret se trahit lui-même.

La psychanalyse exerce tour à tour ces trois techniques. Au début, elle essaya de faire parler de force l'inconscient en le subjuguant par l'hypnose. La psychologie n'ignorait pas que l'homme sait sur lui-même plus qu'il ne s'avoue et n'avoue aux autres, mais elle ne connaissait pas le moyen d'aborder ce subconscient. Le mesmérisme montra le premier qu'à l'état de sommeil hypnotique on peut tirer d'un homme plus qu'à l'état de veille. Comme celui dont on a anesthésié la volonté ne sait pas, lorsqu'il est en transe, qu'il parle devant les autres et croit être seul avec lui-même, il exprime ingénument ses désirs et ses secrets les plus intimes. C'est pourquoi l'hypnose paraissait d'abord la méthode la plus riche de promesses ; mais bientôt (pour des raisons qu'il serait trop long d'exposer en détail) Freud renonce à ce moyen de pénétration violente dans l'inconscient, qui est immoral et d'ailleurs stérile. De même que la justice, en une phase plus humaine, renonce volontairement à la torture pour la remplacer par l'art plus finement ourdi de l'interrogatoire et des indices, la psychanalyse passe de la première période où l'aveu est arraché de force à celle où on le devine en combinant les données. Toute bête, même la plus agile et la plus légère, laisse des traces sur son passage. De même que le chasseur retrouve dans la moindre empreinte la marche et l'espèce du gibier, de même que l'archéologue, sur la foi d'un débris de vase, établit le caractère d'une génération dans toute une ville ensevelie, de même la psychanalyse, au cours de sa phase plus avancée, exerce son art de détective en s'attachant aux faits apparemment insignifiants dans lesquels la vie inconsciente se trahit à travers le conscient. Dès ses premières recherches dans ce sens, Freud découvrit une piste surprenante : les actes manqués. Par actes manqués (pour toute connaissance nouvelle Freud trouve toujours le terme

frappant qui convient) la psychologie abyssale entend
tous ces phénomènes singuliers qui paraissent à première vue infimes : se tromper d'expression, prendre
une chose pour une autre, faire un lapsus, ce qui nous
arrive à tous dix fois par jour. Mais d'où viennent ces
maudites erreurs ? Quelle est la cause de cette révolte
de la matière contre notre volonté ? Hasard ou lassitude, tout simplement, répond la vieille psychologie,
si tant est qu'elle juge dignes de son attention ces
erreurs insignifiantes de la vie quotidienne. Étourderie, distraction, inattention, dit-elle encore. Mais
Freud a le regard plus aigu : qu'est-ce que l'étourderie, sinon le fait de n'avoir pas ses pensées là où on
le voudrait ? Et si l'on ne réalise point l'acte voulu,
comment se fait-il qu'un autre, involontaire, prenne
sa place ? Pourquoi dit-on un mot différent de celui
que l'on voulait dire ? Puisque, dans l'acte manqué,
un acte s'accomplit au lieu de celui qu'on projetait,
quelqu'un doit s'être glissé à l'improviste pour l'exé-
cuter. Il doit y avoir quelqu'un qui fait jaillir le lapsus au lieu du mot exact, qui cache la chose que l'on
voulait trouver, qui glisse malignement au creux de
la main l'objet faux au lieu de celui qu'on cherchait
consciemment. Freud dans le domaine psychique (et
cette idée domine toute sa méthode) n'admet jamais
qu'une chose soit due au simple hasard ou dénuée de
sens. Pour lui tout événement psychique a un sens précis, toute action son acteur ; et comme, dans ces actes
manqués, le conscient n'agit pas, mais se trouve sup-
planté, quelle peut être cette force qui le supplante
sinon l'inconscient, cherché depuis si longtemps et
si vainement ? L'acte manqué, pour Freud, ne signifie donc pas étourderie, absence de pensée, mais au
contraire triomphe d'une pensée refoulée. Par ces

lapsus s'exprime « quelque chose » que notre volonté
consciente voulait réduire au silence. Et ce « quelque
chose » parle la langue inconnue, qu'il faut d'abord
apprendre, de l'inconscient.

Ainsi s'éclaire un principe : premièrement, tout acte
manqué, toute action résultant apparemment d'une
erreur, exprime un vouloir caché. Deuxièmement,
dans la sphère consciente il doit y avoir une résistance
active contre cette manifestation de l'inconscient. Si,
par exemple (je choisis un des propres exemples de
Freud) un professeur dit du travail d'un collègue, à
un congrès : « Nous ne pouvons suffisamment *déprécier* cette découverte », son intention consciente était
certes de dire « *apprécier* », mais en son for intérieur
il avait pensé « déprécier ». L'acte manqué trahit son
attitude véritable, il divulgue à sa propre épouvante
son secret désir de voir abaisser plutôt qu'exalter la
découverte de son collègue. On dit en se trompant
ce qu'en effet on ne voulait pas dire, mais ce qu'en
réalité on avait pensé. On oublie ce qu'intérieurement
on voulait vraiment oublier. Presque toujours l'acte
manqué est un aveu et une autotrahison.

Cette découverte psychologique de Freud, insignifiante par rapport à ses découvertes essentielles, est
la plus généralement admise, parce que la plus amu-
sante et la moins choquante : pour sa théorie, elle ne
représente qu'une transition. Car ces actes manqués
sont relativement rares ; ils ne nous fournissent que
d'infimes fragments du subconscient, trop peu nombreux et trop disséminés dans le temps pour qu'on
puisse en composer une mosaïque d'importance générale. Mais de là, bien entendu, la curiosité observatrice
de Freud va plus loin, elle examine toute la surface de
notre vie psychique, pour trouver et interpréter dans

ce sens nouveau d'autres phénomènes « absurdes ». Il n'a pas à chercher longtemps ; il se trouve vite en face d'une des manifestations les plus fréquentes de notre vie psychique qui passe également pour absurde, voire pour le modèle de l'absurde : le rêve. L'usage est de considérer le rêve, ce visiteur quotidien de notre sommeil, comme un intrus étrange, un vagabond capricieux sur la route ordinairement logique et claire du cerveau. « Tout songe est mensonge », dit-on ; un rêve n'a ni sens ni but ; c'est un mirage du sang, une bulle de savon et ses images sont sans signification. On n'a « rien à faire » avec ses rêves ; on n'est pour rien dans ces jeux naïfs de lutins auxquels se livre notre fantaisie, déclare la vieille psychologie, en rejetant toute interprétation raisonnable : se laisser aller à discuter sérieusement avec ce menteur et ce bouffon qu'est le rêve n'a ni sens ni intérêt au point de vue scientifique.

Mais qui parle, qui agit dans nos rêves, qui les peint, les modèle et les sculpte ? L'Antiquité la plus reculée devinait déjà là le vouloir, l'action et le langage de quelqu'un d'autre que notre Moi éveillé. Elle disait des rêves qu'ils étaient « inspirés », introduits en nous par une puissance surhumaine. C'était là une volonté extra-terrestre, ou, si l'on peut oser ce mot, supersonnelle qui se manifestait. Mais pour toute volonté extérieure à l'homme le monde mythique ne connaissait qu'une seule interprétation : les dieux. Car qui, à part eux, avait le pouvoir de produire des métamorphoses et détenait la puissance suprême ? C'étaient eux, invisibles d'ordinaire, qui dans des rêves symboliques s'approchaient des hommes, leur murmuraient un message, leur emplissaient l'esprit de terreur ou d'espoir et, conjurant ou avertissant, traçaient des images luisantes sur l'écran noir du sommeil. Croyant entendre dans ces manifestations nocturnes une voix sacrée, une voix divine, les peuples des temps primitifs mettaient toute leur ferveur à traduire en langage humain cette langue divine, « le rêve », à y reconnaître la volonté des dieux. Ainsi, au commencement de l'humanité, une des premières sciences est l'interprétation des songes : à la veille des batailles, avant toute décision, après une nuit traversée de rêves, les prêtres et les sages examinent et interprètent leurs images comme les symboles d'un danger menaçant ou d'une joie prochaine. Car l'ancien art d'interpréter les rêves, en opposition avec celui de la psychanalyse qui veut dévoiler à travers les songes le passé d'un homme, croit que par ces fantasmagories les immortels annoncent l'avenir aux mortels. Cette science mystique s'épanouit, durant des milliers d'années dans les temples des Pharaons, les acropoles de Grèce, les sanctuaires de Rome et sous le ciel ardent de Palestine. Pour des centaines et des milliers de peuples et de générations le rêve était le véritable interprète du destin.

La nouvelle science empirique, bien entendu, rompt carrément avec cette conception qu'elle juge superstitieuse et naïve. Niant les dieux et admettant à peine le divin, elle ne voit dans les songes aucun message du ciel et ne leur trouve du reste aucun sens. Le rêve est pour elle un chaos, une chose sans valeur, parce que dénuée de sens, un acte physiologique pur et simple, une vibration tardive, atone et dissonante du système nerveux, un bouillonnement du sang affluant au cerveau, un reste d'impressions non digérées au cours de la journée et charriées par le flot noir du sommeil. Ce mélange incohérent est naturellement privé de tout sens logique ou psychique. C'est pourquoi la science ne concède à l'imagerie des rêves ni but ni vérité, ni loi ni signification ; sa psychologie ne cherche pas à expliquer l'absurde, à interpréter l'importance de ce qui n'en a pas.

Avec Freud seulement on en revient à une appréciation positive du rêve considéré comme révélateur du sort. Mais là où les autres ne voyaient que le chaos, l'incohérence, la psychologie abyssale a reconnu l'enchaînement ; ce qui semblait à ses prédécesseurs un labyrinthe confus et sans issue, lui apparaît comme la *via regia* qui relie la vie consciente à l'inconsciente. Le rêve est l'intermédiaire entre le monde de nos sentiments cachés et celui qui est soumis à notre raison : grâce à lui nous pouvons apprendre bien des choses que nous nous refusons à savoir à l'état de veille. Aucun rêve, déclare Freud, n'est entièrement absurde, chacun, en tant qu'acte psychique complet, possède un sens précis. Tout songe est la révélation non pas d'une volonté suprême, divine, surhumaine, mais souvent du vouloir le plus intime et le plus secret de l'homme.

Certes, ce messager ne parle pas le langage quotidien de la surface, mais celui de l'abîme, de la nature inconsciente. Nous ne comprenons pas immédiatement son sens et sa mission ; nous devons d'abord apprendre à les interpréter. Une science nouvelle qu'il nous faut créer doit nous enseigner à saisir, à percevoir, à recomposer en langage compréhensible ce qui passe avec une vitesse cinématographique sur l'écran noir du sommeil. Car, ainsi que toutes les langues primitives de l'humanité, celle des Égyptiens, des Chaldéens, des Mexicains, la langue des songes ne s'exprime qu'en images, et nous avons chaque fois pour tâche de traduire ses symboles en notions.

Cette transposition du langage des rêves en langage
de la pensée, la méthode freudienne l'entreprend dans
un but nouveau et caractérologique. Si l'ancienne
interprétation prophétique voulait sonder l'avenir,
l'interprétation psychologique cherche, elle, à déce-
ler le passé psycho-biologique et à découvrir ainsi
le présent le plus intime de l'homme. Car le « Moi »
qu'on est en rêve n'est qu'en apparence le même qu'à
l'état de veille. Comme le temps n'existe pas alors (ce
n'est pas par hasard que nous disons qu'une chose s'est
« passée comme un rêve ») nous sommes au moment
du rêve simultanément ce que nous étions jadis et ce
que nous sommes maintenant, l'enfant et l'adolescent,
l'homme d'hier et celui d'aujourd'hui, le Moi total, la
somme non seulement de notre vie, mais de tout ce
que nous avons vécu, tandis qu'éveillés nous ne per-
cevons que notre Moi présent. Toute vie est donc
double. En bas, dans l'inconscient, nous sommes
notre totalité, le Jadis et l'Aujourd'hui, l'homme primitif et le civilisé, mélange confus de sentiments, restes
archaïques d'un Moi plus vaste lié à la nature – en
haut, à la lumière claire et tranchante, rien que le Moi
conscient qui existe dans le temps. Cette vie universelle, mais plus sourde, communique avec notre existence temporelle presque uniquement pendant la nuit
par ce mystérieux messager des ténèbres : le rêve ; ce
que nous devinons sur nous de plus essentiel, c'est lui
qui nous le suggère. L'écouter, pénétrer son message,
c'est donc apprendre notre essence la plus intime.
Celui qui perçoit sa propre volonté non seulement
dans sa vie consciente, mais encore dans les profondeurs de ses rêves, connaît réellement cette somme de
vie vécue et temporelle que nous dénommons notre
personnalité.

Mais comment jeter l'ancre dans ces profondeurs impénétrables et incommensurables ? Comment reconnaître d'une manière précise ce qui ne se montre jamais nettement, ce qui ne s'exprime que par symboles ? Comment cette lumière trouble qui vacille dans les labyrinthes de notre sommeil peut-elle nous éclairer ? Trouver une clef, découvrir le chiffre révélateur qui traduit dans la langue du conscient les images incompréhensibles des rêves, semble exiger l'intuition d'un voyant, la puissance d'un magicien. Mais Freud possède dans son atelier psychologique un rossignol qui lui ouvre toutes les portes, il use d'une méthode presque infaillible : partout où il veut atteindre au plus compliqué, il part du plus simple. Il place toujours la forme première près de la forme dernière ; partout et toujours, pour comprendre la fleur, il remonte d'abord jusqu'aux racines. C'est pourquoi Freud part de l'enfant dans sa psychologie du rêve, au lieu de partir de l'adulte conscient et cultivé. Car dans la conscience infantile l'imagination n'a encore emmagasiné que peu de chose, le cercle des pensées est encore restreint, l'association faible, donc les matériaux des rêves facilement accessibles. Le rêve infantile n'exige qu'un minimum d'interprétation. L'enfant a passé devant une chocolaterie, les parents n'ont rien voulu lui acheter, il rêve de chocolat. Tout naturellement, dans le cerveau de l'enfant la convoitise se transforme en image, le désir en rêve. La retenue, la pudeur, l'inhibition intellectuelle ou morale, tout cela est encore absent. Aussi ingénument qu'il expose à tout venant son physique, son corps, nu et ignorant de la honte, l'enfant dévoile en rêve ses désirs intimes.

Ainsi se prépare, dans une certaine mesure, l'interprétation future. Les images symboliques du rêve

cachent donc, pour la plupart, des désirs refoulés ou
inexaucés, qui, n'ayant pu se réaliser le jour, cherchent
à rentrer dans notre vie par le chemin des songes. Ce
qui, pour des raisons quelconques, n'a pu, dans la
journée, devenir action ou parole, s'y exprime en mul-
ticolores fantaisies ; nues et insouciantes les aspirations et les envies du Moi intérieur peuvent s'ébattre
à l'aise dans le flot libre du rêve. Ce qui ne peut s'affirmer dans la vie réelle – les plus sombres désirs, les
ardeurs les moins admises et les plus dangereuses –
s'y déploie apparemment sans entraves (bientôt
Freud corrigera cette erreur) ; dans cet enclos inaccessible, l'âme parquée tout le jour peut se décharger
enfin de toutes ses tendances agressives et sexuelles ;
en rêve l'homme peut étreindre et violer la femme
qui se refuse à lui dans la vie, le mendiant se saisir
de la richesse, l'être laid se parer d'un beau masque,
le vieillard rajeunir, le désespéré devenir heureux,
l'oublié célèbre, le faible fort. Là seulement l'homme
peut tuer ses ennemis, assujettir ses supérieurs, vivre
avec une frénésie extatique, divinement libre et illimi-
tée, son intime et profond vouloir. Tout rêve ne signifie donc pas autre chose qu'un désir réprimé pendant
la journée ou dissimulé à soi-même : telle paraît être
la formule initiale.

Le grand public en est resté à cette première
constatation provisoire de Freud, car la formule : le
rêve correspond à un désir inassouvi, est si commode
et si facile qu'on peut jouer à la balle avec elle. En
effet, dans certains milieux on croit s'occuper sérieusement d'analyse des songes en s'amusant à ce petit
jeu de société qui consiste à chercher à travers les
rêves les symboles du désir et de la sexualité. En réalité personne n'a considéré avec plus de respect que

Freud les mailles multiples du réseau des songes, personne n'a comme lui célébré l'art mystique de ses dessins enchevêtrés. Sa méfiance à l'égard des résultats trop vite obtenus ne fut pas longtemps à s'apercevoir que ces rapports si directs et si faciles à reconnaître entre le désir et le rêve n'avaient trait qu'au rêve, peu compliqué, de l'enfant. Chez l'adulte, la fantaisie créatrice se sert d'un formidable matériel symbolique de souvenirs et d'associations ; le vocabulaire d'images, qui dans le cerveau de l'enfant comprend tout au plus quelques centaines de représentations distinctes, trame ici en de troublantes textures, avec une rapidité et une habileté inconcevables, des millions et peut-être des milliards d'événements vécus. Finie, dans le rêve de l'adulte, cette nudité de l'âme infantile, ignorant la honte, montrant ses désirs sans entraves ; fini, le bavardage insouciant de ces premiers jeux nocturnes ; non seulement le rêve de l'adulte est plus différencié, plus raffiné que celui de l'enfant, mais il est encore hypocrite, fourbe, menteur : il est devenu à moitié moral. Même en ce monde caché des fantaisies l'éternel Adam qui vit en l'homme a perdu le paradis de l'ingénuité ; il connaît le bien et le mal jusqu'au plus profond de son rêve. Même en songe, la porte de la conscience éthique et sociale n'est pas complètement fermée, et, les yeux clos, les sens flottants, l'âme de l'homme craint d'être prise en flagrant délit de crimes rêvés, d'envies indécentes, par sa « censure » intérieure, la conscience – le sur-Moi, comme l'appelle Freud. Le rêve n'apporte donc pas librement et ouvertement les messages de l'inconscient, mais les glisse en contrebande, par des voies secrètes, sous les travestissements les plus singuliers. Dans le rêve de l'adulte un sentiment veut s'exprimer, mais *n'ose*

le faire *librement* ; par peur de la censure, il ne parle
que par déformations voulues et très raffinées, il met
en avant quelque absurdité pour ne pas laisser deviner son sens réel : le rêve, comme tout poète, est un
menteur véridique ; il confesse « sub rosa », il dévoile,
mais en symboles seulement, un événement intérieur.
Il faut donc distinguer soigneusement deux choses :
ce que le rêve a « poétisé » dans le but de voiler –
ce qu'on appelle le « travail du rêve » – et ce qui se
cache d'éléments psychiques véritables sous ces voiles
confus, c'est-à-dire le « contenu du rêve ». La tâche
de la psychanalyse est de débrouiller cet écheveau
troublant de déformations et de dégager de ce roman
à clef – tout rêve étant « Poésie et Vérité » – la vérité,
l'aveu véritable et par là le noyau du fait. Ce n'est pas
ce que dit le rêve, mais uniquement ce qu'au fond il
voulait dire qui nous fait pénétrer dans l'inconscient
de la vie psychique. Là seulement est la profondeur
vers laquelle tend la psychologie abyssale.

   Mais en attribuant à l'analyse des rêves une importance particulière pour l'étude de la personnalité,
Freud ne s'abandonne aucunement à une vague
interprétation des songes. Il exige un processus de
recherches scientifiquement exact, semblable à celui
que le critique littéraire applique à une œuvre poétique. De même que celui-ci s'efforce de séparer les
accessoires fantaisistes du noyau vécu, se demande
ce qui a poussé le poète à l'affabulation des faits,
de même le psychanalyste recherche dans la fiction
du rêve la poussée affective de son malade. C'est à
travers ses rêves que l'image d'un individu apparaît
le plus nettement à Freud ; ici comme toujours il
pénètre bien plus profondément les sentiments de
l'homme lorsqu'il est en état de création. Comme le

but essentiel du psychanalyste est de connaître la personnalité, il se sert alors de la substance inventive
de l'homme, des matériaux du rêve, en les passant
au crible de son jugement ; s'il évite les exagéra-
tions, s'il résiste à la tentation d'inventer lui-même
un sens, il peut, dans beaucoup de cas, trouver des
points d'appui importants pour définir la situation
intérieure de la personnalité. Il est hors de doute que
l'anthropologie, grâce à cette découverte productive
du symbolisme psychique de certains rêves, doit à
Freud des indications précieuses ; mais au cours de
ses recherches il a dépassé cette sphère pour réaliser
une conquête plus importante : il a interprété pour
la première fois le sens biologique du phénomène
du rêve comme nécessité psychique. La science avait
établi depuis longtemps la signification du sommeil
dans l'organisation de la nature : renouvellement des
forces épuisées par les actions de la journée, rempla-
cement de la substance nerveuse utilisée et brûlée,
interruption du travail fatigant et conscient du cerveau par une pause d'oisiveté. Par conséquent, la
forme hygiénique la plus parfaite du sommeil devrait
être en somme un vide noir, quelque chose de semblable à la mort, un arrêt de toute activité cérébrale,
ne pas voir, ne pas savoir, ne pas penser : pourquoi
donc la nature n'a-t-elle pas accordé à l'homme cette
forme apparemment la plus efficace de détente ? Pourquoi, elle, qui est toujours sensée, a-t-elle projeté sur
l'écran noir du sommeil des images si troublantes,
pourquoi interrompt-elle toutes les nuits le vide
total, l'évanouissement dans le nirvana avec ces appa-
ritions flottantes et trompeuses ? À quoi bon les rêves
qui interceptent, dérangent, troublent, entravent, au
fond, la détente si sagement conçue ? En effet, ces

phénomènes qui semblent absurdes ne sont-ils pas un contresens de la nature qui d'ordinaire a toujours un but et obéit à un vaste système ? À cette question très naturelle, la science de la vie, jusqu'alors, ne savait que répondre. Freud, pour la première fois, établit que les rêves sont nécessaires à la stabilisation de notre équilibre psychique. Le rêve est la soupape de nos sentiments. Car notre soif infinie de vie et de jouissance, nos désirs illimités sont à l'étroit dans notre corps terrestre. Parmi les myriades de désirs qui assaillent l'homme moyen, combien peut-il vraiment en satisfaire au cours d'une journée bourgeoisement délimitée ? C'est à peine si chacun de nous arrive à réaliser un millième de ses aspirations. Un désir inapaisé et inapaisable, visant l'absolu, bouillonne jusque dans la poitrine du fonctionnaire, du petit rentier, du travailleur le plus misérable. En nous tous fermentent furieusement des envies mauvaises, une impuissante volonté de puissance, des convoitises anarchiques refoulées et lâchement déformées, une vanité déguisée, de violentes passions et jalousies ; déjà chaque femme qui passe n'éveille-t-elle pas sur son chemin de multiples et brefs désirs ? Et toute cette soif de possession, toutes ces envies, toutes ces convoitises insatisfaites se glissent, s'enchevêtrent et s'accumulent méchamment dans le subconscient, dès le son de la cloche matinale jusque dans la nuit. Sous cette pression atmosphérique, l'âme ne devait-elle pas exploser ou se décharger en violences meurtrières, si le rêve nocturne ne procurait un débouché aux désirs refoulés ?

En ouvrant, sans danger, la porte du rêve à nos convoitises enfermées tout le jour, nous libérons notre vie sentimentale de ses hantises, nous désintoxiquons nos âmes, de même que par le sommeil nous délivrons le corps de l'intoxication de la fatigue. Nos impulsions criminelles au point de vue social, nous les « abréagissons », au lieu de nous laisser aller à des actes passibles de la prison, en actions imaginaires et inoffensives, dans un monde apparent et accessible à nous seuls. Le rêve est le substitut de l'acte, qu'il nous évite souvent ; c'est pourquoi la formule de Platon : « Les bons sont ceux qui se bornent à rêver ce que les autres font réellement » est si magistrale et si parfaite. Le rêve ne nous visite pas pour troubler notre sommeil, mais pour le garder ; grâce à ses visions hallucinantes, l'âme sous pression se décharge de ses tensions – (« Ce qui s'amasse au fond du cœur s'éternue en rêve », dit un dicton chinois) – de sorte que le matin le corps ravivé retrouve une âme purifiée et légère, au lieu d'une âme qui étouffe.

Freud a reconnu en cette action affranchissante, cathartique, le sens du rêve dans notre vie, sens longtemps ignoré et nié. Et cette découverte s'applique aussi bien au visiteur nocturne du sommeil qu'aux formes plus élevées de toute rêverie et de tout rêve diurne, telles que le mythe et la poésie. Car le but et le vouloir de la poésie, quel est-il, sinon de délivrer par le symbole l'homme de ses tensions intérieures, d'évacuer dans une zone paisible le trop-plein qui submergeait son âme. Et de même que les individus se libèrent dans le rêve de leurs tourments et de leurs convoitises, de même les peuples échappent à leurs craintes et trouvent des débouchés à leurs désirs dans ces créations plastiques que nous appelons religions et mythes : les instincts sanglants réfugiés dans le symbole se purifient sur les autels sacrés, et la pression psychique se transforme en paroles libératrices par la prière et la confession. L'âme de l'humanité ne s'est jamais révélée que dans la poésie comme imagination créatrice. Nous devons la divination de sa force réalisatrice uniquement à ses rêves incarnés en religions, en mythes et en œuvres d'art. Aucune science psychique – cette connaissance, Freud l'a imposée à notre époque – ne peut donc atteindre l'essence de la personnalité de l'homme, si elle ne considère que son activité éveillée et responsable : il faut aussi qu'elle descende dans l'abîme où son être, demeuré mythe, forme précisément dans le flux de la création inconsciente l'image la plus véridique de sa vie intérieure.

CHAPITRE VI

La technique de la psychanalyse

> Il est étrange que la vie intérieure de
> l'homme ait été si médiocrement étudiée
> et si pauvrement traitée. On ne s'est guère
> encore servi de la physique pour l'âme ni
> de l'âme pour le monde extérieur.
>
> NOVALIS.

En de rares endroits de notre écorce terrestre multiforme, le pétrole jaillit des profondeurs de la terre, de façon soudaine et inattendue ; en d'autres, l'or brille dans le sable des rivages ; en d'autres encore le charbon gît à fleur de terre. Mais la technique humaine n'attend pas que ces événements exceptionnels nous fassent, çà et là, la grâce de se produire. Elle ne compte pas sur le hasard, elle perce le sol pour en faire sortir le liquide précieux, elle creuse des galeries dans les entrailles de la terre, elle en creuse en vain des centaines avant d'atteindre le minerai recherché. De même une science psychique active ne peut pas se contenter des aveux fortuits et d'ailleurs partiels que fournissent les rêves et les actes manqués : il faut aussi, pour s'approcher de la véritable couche de l'inconscient, qu'elle recoure à une psychotechnique, à un travail en profondeur, que, par un effort systématique et toujours tendu vers le but, elle pénètre jusqu'au tréfonds de la région *souterraine*. C'est à quoi

Freud est arrivé et il a donné à sa méthode le nom de psychanalyse.

Elle ne rappelle en rien aucune des méthodes antérieures de la médecine ou de la psychologie. Elle est complètement neuve et autochtone, elle représente un procédé indépendant de tous les autres, une psychologie à côté de toutes celles d'autrefois, souterraine, si l'on peut dire, et surnommée pour cela, par Freud même, psychologie abyssale. Le médecin qui veut l'appliquer se sert de ses connaissances universitaires dans une mesure si insignifiante qu'on en arrive bientôt à se demander si le psychanalyste a vraiment besoin d'une instruction médicale spéciale ; en effet, après avoir longuement hésité, Freud admet « l'analyse laïque », c'est-à-dire le traitement par des médecins non diplômés. Car le guérisseur d'âmes dans le sens freudien abandonne les recherches anatomiques au physiologue, son effort ne tend qu'à rendre visible l'invisible. Comme il ne cherche rien de palpable ou de tangible, il n'a besoin d'aucun instrument ; le fauteuil dans lequel il est installé représente tout l'appareil médical de sa thérapeutique. La psychanalyse évite toute intervention, tant physique que morale. Son intention n'est pas *d'introduire* en l'homme une chose nouvelle, foi ou médicament, mais d'extraire de lui quelque chose qui s'y trouve. Seule la connaissance active de soi amène la guérison dans le sens psychanalytique ; c'est seulement quand le malade est ramené à lui-même, à sa personnalité et non pas à une banale foi guérisseuse, qu'il devient seigneur et maître de sa maladie. L'opération, ainsi, ne se fait pas du dehors, mais s'accomplit entièrement dans l'élément psychique du patient. Le médecin n'apporte à ce genre de traitement que son expérience, sa surveillance et sa prudente direction. Il n'a pas de remèdes tout faits comme le praticien : sa science n'est ni formulée ni codifiée, elle est distillée peu à peu de l'essence vitale du malade. Quant à ce dernier, il n'apporte au traitement que son conflit. Mais au lieu de l'apporter clairement et ouvertement, il le présente sous les voiles, les masques, les déformations les plus étranges et les plus trompeurs, de sorte qu'au début la nature de sa maladie n'est reconnaissable ni pour lui ni pour son médecin. Ce que le névrosé fait voir et avoue n'est qu'un symptôme. Mais les symptômes, dans la vie psychique, ne montrent jamais nettement la maladie, ils la dissimulent, au contraire ; car, d'après la conception, tout à fait neuve, de Freud, les névroses en elles-mêmes n'ont aucune signification, mais elles ont toutes une cause distincte. Ce qui le trouble vraiment, le névrosé ne le sait pas, ou ne veut pas le savoir, ou ne le sait pas consciemment. Depuis des années son conflit intérieur se manifeste dans tant de symptômes et d'actes forcés que finalement il arrive à ne plus savoir en quoi il consiste. C'est alors qu'intervient le psychanalyste. Sa tâche est d'aider le névrosé à déchiffrer l'énigme dont il est lui-même la solution. Il cherche avec lui, dans le miroir des symptômes, les formes typiques qui provoquèrent le malaise ; petit à petit ils contrôlent rétrospectivement tous les deux la vie psychique du malade, jusqu'à la révélation et l'éclaircissement définitif du conflit intérieur.

Au début, cette technique du traitement psychanalytique fait bien plus penser à la criminologie qu'à la médecine. Chez tout névrosé, chez tout neurasthénique, d'après Freud, l'unité de la personnalité a été brisée, on ne sait quand ni comment, et la première mesure à prendre est de s'informer le plus exactement

possible des « faits de la cause »; le lieu, le temps et
la forme de cet événement intérieur oublié ou refoulé
doivent être reconstitués par la mémoire psychique
aussi exactement que possible. Mais dès ce premier
pas le procédé psychanalytique rencontre une diffi-
culté que ne connaît pas la jurisprudence. Car, dans
la psychanalyse, le patient, jusqu'à un certain degré,
représente tout en même temps. Il est celui sur qui a
été perpétré le crime, et il est également le criminel. Il
est par ses symptômes accusateur et témoin à charge,
et simultanément c'est lui qui dissimule et embrouille
furieusement les faits. Quelque part, au tréfonds de
lui-même, il sait ce qui s'est passé, et cependant il
ne le sait pas; ce qu'il dit des causalités n'est pas la
cause; ce qu'il sait, il ne veut pas le savoir, et ce qu'il
ne sait pas, il le sait pourtant d'une façon quelconque.
Mais, chose plus fantastique encore, ce procès n'a pas
commencé à la consultation du neurologue; en réalité
il se poursuit depuis des années de façon ininterrom-
pue, chez le névrosé, sans jamais pouvoir se terminer.
Et ce que l'intervention psychanalytique doit obtenir
en dernier ressort, c'est précisément la fin de ce procès; c'est donc, sans qu'il s'en rende compte, pour parvenir à cette solution, à ce dénouement, que le malade
appelle le médecin.

Mais la psychanalyse n'essaie pas, par une formule
rapide, d'arracher immédiatement à son conflit le
névrosé, l'homme qui s'est égaré dans le labyrinthe de
son âme. Au contraire, elle le ramène tout d'abord, à
travers le dédale des errements de sa vie, à l'endroit
décisif où a commencé la grave déviation. Pour corriger dans la texture manquée la trame fausse, pour
renouer le fil, le tisserand doit replacer la machine là
où le fil a été rompu. De même, pour renouveler la

continuité de la vie intérieure, le médecin de l'âme doit inévitablement revenir encore et toujours à l'endroit où la brisure s'est produite : il n'y a ni précipitation, ni intuition, ni vision qui compte. Déjà Schopenhauer, dans un domaine voisin, avait exprimé la supposition qu'une guérison complète de la démence serait concevable si l'on pouvait atteindre le point où s'est produit le choc décisif dans l'imagination; pour comprendre la flétrissure de la fleur, le chercheur doit descendre jusqu'aux racines, jusque dans l'inconscient. Et c'est un labyrinthe souterrain, vaste et plein de détours, de dangers et de pièges qu'il lui faut parcourir. De même qu'un chirurgien, au cours d'une opération, devient d'autant plus prudent et circonspect qu'il se rapproche de la texture délicate des nerfs, de même la psychanalyse tâtonne, avec une lenteur pénible, à travers cette matière, suprêmement meurtrissable, d'une couche de vie à une autre plus profonde. Chaque traitement dure non pas des jours et des semaines, mais toujours des mois, parfois des années; il exige du thérapeute une concentration de l'âme que la médecine n'avait même pas soupçonnée jusqu'ici et qui n'est peut-être comparable par la force et la durée qu'aux exercices de volonté des Jésuites. Tout dans cette cure se fait sans annotations, sans aide aucune; le seul moyen auquel on fasse appel est l'observation, une observation s'étendant sur de vastes espaces de temps. Le malade se met sur un divan, de façon à ne pas voir le médecin assis derrière lui (ceci pour éliminer les entraves de la pudeur et de la conscience), et il parle. Mais ce qu'il raconte ne s'enchaîne pas, contrairement à ce que croient la plupart; ce n'est pas une confession. Vu par le trou de la serrure, ce traitement offrirait le spectacle le plus grotesque, car en des mois

et des mois, apparemment, il ne se passe rien, sinon
que des deux hommes l'un parle et l'autre écoute.
Le psychanalyste recommande surtout à son patient
de renoncer au cours de ce récit à toute réflexion
consciente et de ne pas intervenir dans la procédure
en cours comme avocat, juge ou plaignant ; il ne doit
donc rien vouloir, mais uniquement céder sans raison-
nement aux idées qui lui viennent involontairement
à l'esprit (car ces idées, précisément, ne lui viennent
pas du dehors, mais du dedans, de l'inconscient). Il
n'a pas à chercher ce qui, selon lui, a trait au cas, car
son déséquilibre psychique témoigne justement qu'il
ne sait pas ce qu'est son « cas », sa maladie. S'il le
savait, il serait psychiquement normal, il ne se crée-
rait pas de symptômes et n'aurait pas besoin de médecin. La psychanalyse rejette pour cette raison tous les
récits préparés ou écrits et ne demande au patient que
de raconter sans suite tout ce qui lui vient à l'esprit
comme souvenirs psychiques. Le névrosé doit parler
sans détour, dire carrément tout ce qui lui passe dans
le cerveau, en vrac, sans ordre, même ce qui n'a point
de valeur apparente, car les idées les plus inattendues,
les plus spontanées, qu'on n'a pas cherchées, sont
les plus importantes pour le médecin. Ce dernier ne
peut se rapprocher de l'essentiel qu'au moyen de ces
« détails secondaires ». Vrai ou faux, important ou
insignifiant, sincère ou théâtral, n'importe : la tâche
principale du malade est de raconter beaucoup, de
fournir le plus possible de matériaux, de substances
biographique et caractérologique.

C'est alors que commence la besogne proprement
dite de l'analyste.

Il faut qu'il passe au crible psychologique les multiples brouettées, charriées peu à peu, du formidable

tas de décombres de l'édifice vital tombé en ruine –
ces milliers de souvenirs, de remarques, de rêves, que
lui a livrés le patient; il faut qu'il en rejette les sco-
ries et qu'il extraie des matériaux qui lui restent, au
moyen d'une lente refonte, la véritable matière psychanalytique. Jamais il ne doit accorder une pleine valeur
à la matière première des récits du patient; toujours
il doit se souvenir « que les communications et les
idées du malade ne sont que des déformations de ce
qu'on cherche, des allusions, pour ainsi dire, derrière
lesquelles se cachent des choses qu'il faut deviner ».
Car ce qui importe pour le diagnostic de la maladie,
ce ne sont pas les choses vécues par le névrosé (son
âme s'en est depuis longtemps déchargée) mais celles
qu'il n'a pas encore vécues, ce surplus affectif inemployé qui l'oppresse comme un morceau non digéré
pèse sur l'estomac, qui comme lui cherche une issue,
mais est à chaque fois arrêté par une volonté contraire.
Cet élément inhibé et son inhibition, le médecin doit
chercher à les déterminer dans chaque manifestation
psychique « avec une égale et subtile attention », pour
parvenir peu à peu au soupçon et du soupçon à la certitude. Mais cette observation calme, positive, faite du
dehors, lui est à la fois facilitée et rendue plus pénible,
surtout au début de la cure, par l'attitude affective
presque inévitable du malade que Freud nomme « le
transfert ». Le névrosé, avant de s'adresser au médecin, a traîné longtemps, sans jamais pouvoir s'en délivrer, cet excès de sentiment non vécu et inemployé. Il
le transporte dans des douzaines de symptômes, il se
joue à lui-même, dans les jeux les plus singuliers, son
propre conflit inconscient; mais dès qu'il trouve pour
la première fois dans la personne du psychanalyste un
auditeur attentif et un partenaire professionnel, il lui

jette immédiatement son fardeau comme une balle, il tente de se décharger sur lui de ses sentiments inutilisés. Il établit entre le médecin et lui certains « rapports », certaines relations affectives intenses, haine ou amour, n'importe. Ce qui jusqu'ici s'agitait follement dans un monde illusoire, sans jamais pouvoir se montrer nettement, réussit à se fixer comme sur une plaque photographique. Seul ce « transfert » crée vraiment la situation psychanalytique : le malade qui n'en est pas capable doit être considéré comme inapte à la cure. Car le médecin, pour reconnaître le conflit, doit le voir se dérouler devant lui sous une forme vivante, émotionnelle : le malade et le docteur doivent le *vivre* en commun.

Cette communauté dans le travail psychanalytique consiste pour le malade à produire ou plutôt reproduire le conflit et pour le médecin à en expliquer le sens. Pour cette explication et cette interprétation il n'a pas à compter du tout (comme on serait immédiatement tenté de le croire) sur l'aide du malade ; tout psychisme est dominé par la dualité et le double sens des sentiments. Le même patient qui se rend chez le psychanalyste pour se débarrasser de sa maladie – dont il ne connaît que le symptôme – se cramponne en même temps inconsciemment à elle, car cette maladie-là ne représente pas une matière étrangère, elle est son produit à lui, son œuvre la plus intime, une partie active et caractéristique de son Moi dont il ne veut pas se débarrasser. Il tient solidement à sa maladie, parce qu'il préfère ses symptômes désagréables à la vérité, qu'il craint, et que le médecin veut lui expliquer (en somme, contre son désir). Comme il sent et raisonne doublement, d'une part du point de vue de l'inconscient, d'autre part du point de vue du conscient, il est en même temps le chasseur et la bête traquée ; seule une partie du patient est l'auxiliaire du médecin, l'autre demeure son adversaire le plus acharné, tandis que volontairement, en apparence, il lui glisse des aveux d'une main, de l'autre, simultanément, il embrouille et cache les faits réels. Donc, consciemment, le névrosé ne peut en rien aider celui qui veut le délivrer, il ne peut pas lui dire *la* vérité, car c'est précisément le fait de ne pas la savoir, ou de ne pas vouloir la savoir, qui a produit chez lui ce déséquilibre et ce trouble. Même aux moments où il veut être sincère, il ment à son propre sujet. Sous chaque vérité qu'il énonce s'en cache une autre plus profonde, et lorsqu'il avoue une chose, ce n'est souvent que pour dissimuler, derrière cet aveu, un secret encore plus intime. Le désir d'avouer et la honte s'emmêlent et s'entrechoquent ici mystérieusement ; le malade, en racontant, tantôt se donne et tantôt se reprend, et sa volonté de se confesser est inévitablement interrompue par l'inhibition. Quelque chose, en tout homme, se contracte comme un muscle, dès qu'un autre veut connaître ce qu'il a de plus caché : toute psychanalyse, en réalité, est donc une lutte.

Mais le génie de Freud sait toujours faire de l'ennemi le plus acharné l'auxiliaire le meilleur. Cette résistance elle-même trahit souvent l'involontaire aveu. Pour l'observateur à l'ouïe fine, l'homme se trahit doublement au cours de l'entretien, premièrement par ce qu'il dit, et deuxièmement par ce qu'il passe sous silence. C'est précisément lorsque le patient veut, mais ne peut pas parler, que l'art détective de Freud s'exerce avec le plus de certitude et qu'il devine la présence du mystère décisif : l'inhibition, traîtreusement, se fait une auxiliaire et indique le chemin. Quand le malade s'exprime trop haut ou trop bas, quand il hésite ou se hâte, c'est là que l'inconscient veut parler. Et toutes ces innombrables petites résistances, ces ralentissements, ces légères hésitations, dès que l'on approche d'un certain complexe, montrent enfin nettement avec l'inhibition sa cause et son contenu, c'est-à-dire, en un mot, le conflit cherché et caché.

Car toujours, au cours d'une psychanalyse, il s'agit de révélations infinitésimales, de minuscules fragments d'événements vécus, dont se compose peu à peu la mosaïque de l'image vitale intérieure. Rien de plus naïf que l'idée courante adoptée dans les salons et les cafés qu'on n'a qu'à jeter dans le psychanalyste, comme dans un appareil automatique, des rêves et des aveux, à le mettre en marche par quelques questions, et à en tirer immédiatement un diagnostic. En réalité, toute cure psychanalytique est un processus formidablement compliqué, qui n'a rien de mécanique et tient plutôt de l'art ; à la rigueur elle est peut-être comparée à la restauration, selon toutes les règles, d'un tableau ancien sali et repeint par une main maladroite – opération qui exige une patience inouïe, où il faut, millimètre par millimètre, couche après couche, faire revivre une matière précieuse et délicate avant que l'image primitive ne reparaisse sous ses couleurs naturelles. Bien que s'occupant sans cesse des détails, le psychanalyste ne vise pourtant que le tout, la reconstruction de la personnalité : c'est pourquoi, dans une analyse véritable, on ne peut jamais s'arrêter à un complexe isolé ; chaque fois, il faut reconstruire, en partant des fondements, toute la vie psychique de l'homme. La première qualité qu'exige cette méthode est donc la patience, alliée à une attention permanente – sans être ostensiblement tendue – de l'esprit ; sans en avoir l'air, le médecin doit répartir son attention impartialement et sans préjugés entre les dires et les silences du patient, surveillant en outre avec vigilance les nuances de son récit. Il doit chaque fois confronter les dépositions de la séance avec celles de toutes les séances précédentes, pour remarquer quels sont les épisodes que son interlocuteur répète le plus souvent et sur quels points son récit se contredit, mais sans jamais trahir par sa vigilance le but de sa curiosité. Car dès que le malade flaire qu'on l'espionne, il perd sa spontanéité – qui seule amène ces brefs éclairs phosphorescents de l'inconscient, à la lumière desquels le médecin reconnaît les contours du paysage de cette âme étrangère. Mais il ne doit pas non plus imposer au malade sa propre interprétation, car le sens de la psychanalyse est précisément d'obliger l'autocompréhension du malade à se développer. Le cas idéal de guérison ne se produit que lorsque le patient reconnaît enfin lui-même l'inutilité de ses démonstrations névrosiques et ne dépense plus ses énergies affectives en rêves et en délires, mais les traduit en actes réels. Alors seulement l'analyste en a fini avec le malade.

Mais combien de fois – question épineuse ! – la psychanalyse arrive-t-elle à une solution si parfaite ? Je crains bien que la chose ne se produise pas très souvent. Car son art d'interroger et d'écouter exige une telle ouïe du cœur, une telle clairvoyance du sentiment, un alliage si extraordinaire des substances spirituelles les plus précieuses que seul un être prédestiné, un être ayant vraiment la vocation de psychologue, est capable ici d'agir en guérisseur. La Christian Science, la méthode de Coué, peuvent se permettre de former de simples mécaniciens de leur système. Il leur suffit d'apprendre par cœur quelques formules passe-

déjà critiqué
CB

partout : « Il n'y a pas de maladie », « Je me sens
mieux tous les jours »; au moyen de ces idées grossières, les mains les plus dures martèlent sans grand
danger les âmes faibles, jusqu'à ce que le pessimisme
de la maladie soit totalement détruit. Mais dans la
cure psychanalytique le médecin vraiment honnête a
le devoir, pour chaque cas individuel, de trouver un
système indépendant, et ce genre d'adaptation créatrice ne s'enseigne pas, même en y mettant de l'intelligence et de l'application. Il exige un connaisseur
d'âmes né et expérimenté, doué de la faculté de s'introduire par la pensée et le sentiment dans les destins les
plus étrangers, possédant en outre beaucoup de tact
et capable de la plus grande patience d'observation.
De plus, un psychanalyste vraiment réalisateur devrait
dégager un certain élément magique, un courant de
sympathie et de sécurité, auquel toute âme étrangère
se confierait volontairement, avec une obéissance pas-
sionnée – qualités qui ne peuvent s'apprendre et ne
se trouvent réunies chez le même homme que par
la grâce. La rareté de ces vrais maîtres de l'âme me
paraît être la raison pour laquelle la psychanalyse res-
tera toujours une vocation à la portée de quelques-
uns et ne pourra jamais être considérée comme un
métier et une affaire – contrairement à ce qui arrive
trop souvent, hélas, aujourd'hui. Mais Freud fait
preuve, à ce sujet, d'une indulgence curieuse; quand
il dit que la pratique efficace de son art d'interprétation exige, bien entendu, du tact et de l'expérience,
mais qu'elle n'est « point difficile à apprendre », qu'il
nous soit permis de tracer en marge de sa phrase un
grand et presque furieux point d'interrogation. Déjà
le mot « pratique » me paraît malheureux par rapport à un processus exigeant la mise en œuvre des

forces les plus grandes du savoir psychique et même le recours à une sorte d'inspiration psychique ; mais le fait de dire que cette « pratique » s'acquiert facilement me semble vraiment dangereux. Car l'étude la plus consciencieuse de la psychotechnique fait aussi peu le vrai psychologue que la connaissance de la versification fait le poète ; c'est pourquoi personne d'autre que le psychologue-né, l'homme doué du pouvoir de pénétrer l'âme humaine, ne devrait être admis à toucher à cet « organe » qui est le plus fin, le plus subtil et le plus délicat de tous. On frémit en pensant au danger que pourrait devenir entre des mains grossières la méthode inquisitoriale de la psychanalyse que le cerveau créateur de Freud enfanta dans la plus haute conscience de son extrême délicatesse. Rien, probablement, n'a autant nui à la réputation de la psychanalyse que le fait de n'être pas restée l'apanage d'une élite, d'une aristocratie d'âmes et d'avoir voulu enseigner dans des écoles ce qui ne s'apprend pas. Car le passage hâtif et inconsidéré de main en main de plusieurs de ses idées ne les a pas précisément clarifiées, bien au contraire ; ce qui aujourd'hui, dans l'Ancien et plus encore dans le Nouveau Monde, se fait passer pour de la psychanalyse d'amateur ou professionnelle n'est souvent qu'une triste parodie de l'œuvre primitive de Sigmund Freud basée sur la patience et le génie. Celui qui veut juger impartialement devra constater que par suite de ces analyses d'amateurs on ne peut à l'heure actuelle se rendre compte honnêtement des résultats de la psychanalyse ; à la suite de l'intervention de dilettantes douteux, pourra-t-elle jamais s'affirmer avec la validité absolue d'une méthode clinique exacte ? Ce n'est pas à nous qu'il appartient d'en décider, mais à l'avenir.

La technique psychanalytique de Freud, cela seul
est certain, est loin de représenter le dernier mot dans
le domaine de la médecine psychique. Mais elle garde
à tout jamais la gloire de nous avoir ouvert un livre qui
fut trop longtemps scellé, de représenter la première
tentative méthodologique faite en vue de comprendre
et de guérir l'individu par la matière même de sa
personnalité. Avec son instinct génial, Freud seul a
dénoncé le *vacuum* de la médecine moderne, le fait
inconcevable que depuis longtemps des traitements
avaient été découverts pour les parties les moins importantes du corps de l'homme – traitement des dents,
de la peau, des cheveux – alors que seules les maladies de l'âme n'avaient encore trouvé aucun refuge
dans la science. Jusqu'à l'âge adulte, les pédagogues
aidaient l'individu incomplètement développé, puis
ils l'abandonnaient avec indifférence à lui-même. Et
l'on oubliait totalement ceux qui à l'école n'en avaient
pas fini avec eux-mêmes, n'avaient pas terminé leur
pensum et traînaient, impuissants, leurs conflits non
abréagis. Pour ces névrosés, ces psychosés, ces arrié-
rés de l'âme, emprisonnés dans le monde de leurs instincts, il n'y avait pas de lieux de consultations ; l'âme
malade errait sans appui dans les rues, cherchant en
vain une assistance. Freud a remédié à cette lacune.
La place où, aux temps antiques, régnait puissamment
le psychagogue, le guérisseur d'âme et le maître de
sagesse, et aux époques de piété le prêtre, il l'a assi-
gnée à une science nouvelle et moderne dont on ne
voit pas encore les limites. Mais la tâche est magnifiquement tracée, la porte est ouverte. Et là où l'esprit
humain flaire l'espace et les profondeurs inexplorées,
il ne se repose plus, mais prend son essor et déploie
ses inlassables ailes.

CHAPITRE VII

Le monde du sexe

> L'antinaturel aussi fait partie de la
> nature. Celui qui ne la voit point partout,
> ne la voit bien nulle part.
>
> GOETHE.

Le fait que Sigmund Freud soit devenu le fonda-
teur d'une science sexuelle dont on ne pourrait plus
se passer aujourd'hui s'est produit, en somme, sans
qu'il en ait eu lui-même l'intention. Mais, comme si
c'était une des lois secrètes de sa vie, toujours sa voie
lui fait dépasser ce qu'il a primitivement cherché et lui
ouvre des domaines où il n'aurait jamais osé pénétrer
de son propre chef. À trente ans, il eût accueilli avec
un sourire incrédule celui qui lui aurait prédit qu'il
lui était réservé, à lui neurologue, de faire de l'interprétation des rêves et de l'organisation biologique de
la vie sexuelle l'objet d'une science ; car rien, dans sa
vie académique ou privée, ne témoignait du moindre
intérêt pour des considérations aussi peu orthodoxes.
Si Freud est arrivé au problème sexuel, ce n'est point
parce qu'il l'a voulu ; au cours de ses recherches, le
problème est venu de lui-même au-devant du psychologue.

Il est venu au-devant de lui, à sa propre surprise,
sans être le moins du monde appelé ou attendu, du
fond de l'abîme décelé avec Breuer. En partant de

l'hystérie, Freud et Breuer avaient trouvé une formule
révélatrice : les névroses et la plupart des troubles
psychiques naissent d'un désir non satisfait, entravé
et refoulé dans l'inconscient. Mais à quelle catégorie
appartiennent principalement les désirs que refoule
l'homme civilisé, qu'il cache au monde et souvent à
lui-même comme les plus intimes et les plus gênants ?
Freud a bientôt fait de se donner une réponse qu'il
est impossible de ne pas entendre. La première cure
psychanalytique d'une névrose montre des forces érotiques refoulées. La deuxième de même, la troisième
également. Et bientôt Freud sait : toujours ou presque
toujours la névrose est causée par un désir sexuel qui
ne peut s'accomplir, et qui, transformé en rétentions et
inhibitions, pèse sur la vie psychique. Le premier sentiment de Freud devant cette découverte involontaire
fut peut-être l'étonnement qu'un fait aussi évident
eût échappé à tous ses prédécesseurs. Cette causalité
directe n'a-t-elle réellement frappé personne ? Non,
il n'en est fait mention dans aucun manuel. Mais
ensuite Freud se souvient soudain de certaines allusions et conversations de ses maîtres célèbres. Quand
Chrobak lui a envoyé une hystérique dont il devait
traiter les nerfs, ne l'informait-il pas discrètement
que cette femme, mariée à un impuissant, était restée
vierge après dix-huit ans de mariage et ne lui donnait-
il pas, en plaisantant brutalement, son opinion personnelle sur le moyen physiologique et voulu par Dieu qui
guérirait le plus facilement cette névrosée ? De même,
dans un cas similaire, son maître Charcot, à Paris, n'a-
t-il pas défini, au cours d'une causerie, l'origine d'une
maladie nerveuse en déclarant : « Mais c'est toujours
la chose sexuelle, toujours ! » Freud s'étonne. Ils le
savaient donc, ses maîtres, et probablement d'innom-

brables autorités médicales avant eux. Mais alors, se demande Freud dans sa naïve loyauté, s'ils le savaient, pourquoi l'ont-ils tenu secret ou n'en ont-ils fait mention que dans des conversations intimes et jamais en public ?

Bientôt on fera énergiquement comprendre au jeune médecin pourquoi ces hommes expérimentés dissimulaient leur savoir au monde. À peine Freud communique-t-il avec un tranquille réalisme sa découverte par la formule : « Les névroses naissent là où des obstacles extérieurs ou intérieurs entravent la satisfaction réelle des besoins érotiques », qu'une résistance acharnée éclate de tous les côtés. La science, à cette époque encore porte-drapeau inébranlable de la morale, se refuse à admettre publiquement cette étiologie sexuelle ; même son ami Breuer, qui a pourtant dirigé sa main vers la clef du mystère, se retire en toute hâte de la psychanalyse, dès qu'il voit quelle boîte de Pandore il a aidé à ouvrir. Freud, bientôt, doit se rendre compte que ce genre de constatations, en l'an 1900, touche un point où l'âme, exactement comme le corps, est le plus sensible et le plus chatouilleuse ; la vanité du siècle de la culture préfère supporter n'importe quel ravalement intellectuel plutôt que de se voir rappeler que l'instinct sexuel continue à dominer et à déterminer l'individu et qu'il joue un rôle décisif dans les créations les plus hautes de la civilisation. « La société est convaincue que rien ne menacerait davantage sa culture que la libération des instincts sexuels et leur retour à leurs buts primitifs. La société n'aime donc pas qu'on lui rappelle cette partie embarrassante de ses fondements. Elle n'a aucun intérêt à ce qu'on reconnaisse la puissance des instincts sexuels et que soit exposée l'importance de la vie sexuelle pour l'individu. Elle a plutôt pris le parti de répandre une éducation qui détourne l'attention de tout ce domaine. C'est pourquoi elle ne supporte pas le résultat des recherches de la psychanalyse et aimerait par-dessus tout le stigmatiser comme esthétiquement répugnant, moralement condamnable ou dangereux. »

Cette résistance de l'idéologie de toute une époque barre la route à Freud dès le premier pas. Et il est à la gloire de sa probité d'avoir non seulement énergiquement accepté la lutte, mais de l'avoir encore rendue plus difficile par l'intransigeance de son caractère. Car Freud aurait pu exprimer tout ou presque tout ce qu'il disait sans trop de désagréments si seulement il s'était montré prêt à décrire sa généalogie de la vie sexuelle avec plus de précautions, de détours et en y mettant des formes. Il n'aurait eu qu'à revêtir ses convictions d'un mantelet stylistique, à leur appliquer un peu de fard poétique, et elles se seraient insinuées sans grand scandale dans le public. L'instinct phallique sauvage, dont il voulait montrer au monde, dans leur nudité, la poussée et la virulence, peut-être aurait-il suffi de le nommer plus poliment Éros ou Amour au lieu de libido. En disant que notre vie psychique était dominée par Éros, il eût fait penser à Platon à la rigueur. Mais Freud, hostile à toutes les demi-mesures, use de mots durs, incisifs, sur lesquels on ne se trompe pas ; il ne glisse sur aucune précision : il dit carrément libido en pensant à la jouissance, instinct sexuel, sexualité, au lieu d'Éros et d'Amour. Freud est toujours trop sincère pour recourir prudemment aux circonlocutions. Il appelle un chat un chat, il donne aux choses et aux égarements sexuels leurs noms véritables, avec le même naturel qu'un géographe désigne ses montagnes et ses villes, un botaniste ses herbes et ses plantes. Avec un sang-froid clinique il examine toutes les manifestations du sexuel, même celles appelées vices et perversités, indifférent aux éclats d'indignation de la morale et aux cris d'épouvante de la pudeur; les oreilles bouchées, pour ainsi dire, il s'introduit patiemment et calmement dans le problème subitement découvert et entreprend systématiquement la première étude psychogéologique du monde des instincts humains.

Car Freud, ce penseur profondément matérialiste et consciemment antireligieux, voit dans l'instinct la région la plus profonde et la plus ardente de notre moi. Ce n'est pas l'éternité que veut l'homme, ce n'est pas, selon Freud, la vie spirituelle que l'âme désire avant tout : elle ne désire qu'instinctivement et aveuglément. Le désir universel est le premier souffle de toute vie psychique. Comme le corps après la nourriture, l'âme languit après la volupté; la libido, ce désir de jouissance originel, cette faim inapaisable de l'âme, la pousse vers le monde. Mais – et c'est là la découverte proprement dite de Freud pour la science sexuelle – cette libido n'a au commencement aucun but défini, son sens est simplement de délivrer l'instinct. Et comme, selon la constatation créatrice de Freud, les énergies psychiques sont toujours déplaçables, elle peut diriger son impulsion tantôt sur un objet, tantôt sur un autre. Le désir ne se manifeste donc pas constamment dans la recherche de la femme par l'homme et de l'homme par la femme; c'est une force aveugle qui veut se dépenser, la tension de l'arc qui ne sait pas encore ce qu'il vise, l'élan du torrent qui ne connaît pas l'endroit où il va se jeter. Il veut simplement se détendre, sans savoir comment il y

arrivera. Il peut se traduire et se libérer par des actes
sexuels normaux et naturels ; il peut également se spi-
ritualiser et accomplir des choses grandioses dans le
domaine artistique ou religieux. Il peut s'égarer et se
fourvoyer, se « fixer » au-delà du génital sur les objets
les plus inattendus, et par d'innombrables incidents
détourner l'instinct primitivement sexuel de la sphère
physique. Il est apte à prendre toutes les formes, de
la lubricité animale aux vibrations les plus fines de
l'esprit humain, lui-même sans forme et insaisissable,
et cependant intervenant partout. Mais toujours, dans
les basses satisfactions et les suprêmes réalisations, il
délivre l'homme de sa soif essentielle et primordiale
de jouissance.

Du fait de ce bouleversement fondamental provoqué par Freud, la conception du problème sexuel
se trouve d'un seul coup complètement changée.
Jusqu'alors la psychologie, ignorant la faculté de
transformation des énergies psychiques, confondait
grossièrement le sexuel avec le rôle des organes
sexuels ; le problème de la sexualité, pour la science,
représentait l'examen des fonctions du bas-ventre, ce
qui était donc une chose malpropre et gênante. En
séparant l'idée de sexualité de l'acte sexuel, Freud
l'arrache en même temps à son étroitesse et à son dis-
crédit ; le mot divinatoire de Nietzsche : « Le degré et
la nature de la sexualité d'un homme se manifestent
jusqu'aux sommets les plus élevés de son esprit »,
apparaît grâce à Freud comme une vérité biologique.
À l'aide d'innombrables exemples, il prouve comment
la libido, cette tension la plus puissante de l'homme,
par une transmission mystérieuse à travers les années
et les décennies, éclate dans des manifestations psychiques absolument inattendues, comment la nature

particulière de la libido ne cesse de s'affirmer par des
métamorphoses et des dissimulations sans nombre,
dans les formes de désir et les substituts de réalisations les plus singuliers. Là où il se trouve devant une
bizarrerie psychique, une dépression, une névrose,
un acte forcé, le médecin, dans la plupart des cas,
peut donc déduire avec confiance qu'il y a quelque
chose d'étrange ou d'anormal dans le destin sexuel
de son patient ; c'est alors, selon la méthode de la psychologie abyssale, qu'il lui appartient de ramener le
malade jusqu'à l'endroit de sa vie intérieure où un
événement a provoqué cette déviation du cours normal de l'instinct. Ce nouveau genre de diagnostic fait
faire à Freud, derechef, une découverte inattendue.
Déjà, les premières psychanalyses lui avaient montré que les événements sexuels qui déséquilibrent le
névrosé datent de très longtemps ; rien n'était donc
plus naturel que de les chercher dans la jeunesse
de l'individu, au temps du modelage de l'âme ; car
seul ce qui s'inscrit durant la période de croissance
de la personnalité sur la plaque encore molle, et par
conséquent réceptive de la conscience en formation,
demeure pour tout homme l'élément ineffaçable
qui détermine son destin. « Que personne ne croie
pouvoir se soustraire aux premières impressions de
sa jeunesse », dit Goethe. Dans chaque cas qu'il a à
examiner, Freud recule donc en tâtonnant jusqu'à la
puberté – une période antérieure ne lui paraît d'abord
pas devoir être étudiée : car comment les impressions
sexuelles pourraient-elles se former avant l'aptitude
sexuelle ? Il considère encore comme un contresens
l'idée de poursuivre la vie instinctive sexuelle au-delà
de cette limite, jusque dans l'enfance, dont l'heureuse
inconscience ne pressent encore rien de la tension et

de la poussée de la sève. Les premières recherches de
Freud s'arrêtent donc à la puberté.

Mais bientôt, devant certains aveux remarquables,
Freud ne peut se refuser à reconnaître que chez
nombre de ses malades la psychanalyse fait surgir,
avec une incontestable netteté, des souvenirs se rap-
portant à des événements sexuels bien plus anciens
et pour ainsi dire préhistoriques. Des confessions
très claires de ses patients l'amènent à soupçonner
que l'époque antérieure à la puberté, c'est-à-dire
l'enfance, doit déjà contenir l'instinct sexuel ou certaines de ses représentations. Ce soupçon se fait plus
pressant au fur et à mesure qu'avancent les recherches.
Freud se souvient de ce que la bonne d'enfant et le
maître d'école rapportent des manifestations précoces de la curiosité sexuelle, et subitement sa propre
découverte sur la différence qui existe entre la vie psychique consciente et inconsciente éclaire lumineuse-
ment la situation. Freud reconnaît que la conscience
sexuelle ne s'infiltre pas soudainement dans le corps
à l'âge de la puberté – car d'où viendrait-elle ? – mais
que, comme la langue, mille fois plus psychologue
que tous les psychologues scolaires, l'a depuis si longtemps exprimé avec une plasticité admirable elle
« s'éveille » chez l'être à demi formé ; elle existait donc
déjà depuis longtemps dans le corps de l'enfant, mais
endormie (c'est-à-dire latente). De même que l'enfant
a en puissance la marche dans les jambes avant d'être
à même de marcher, et le désir de parler avant de
pouvoir le faire, la sexualité – bien entendu, sans le
moindre pressentiment de sa réalisation pratique – se
tient prête chez lui depuis longtemps. L'enfant – formule décisive – connaît sa sexualité. Seulement il ne
la comprend pas.

Ici, je ne sais pas, mais je suppose qu'au premier moment Freud a dû être effrayé de sa propre découverte. Car elle bouleverse les conceptions les plus courantes d'une façon presque profanatrice. S'il était déjà audacieux de mettre en évidence et, comme disent tous les autres, d'exagérer l'importance psychique du sexuel dans la vie de l'adulte – quel défi à la morale de la société que cette conception révoltante : vouloir découvrir des traces d'affectivité sexuelles chez l'enfant, auquel l'humanité associe universellement l'idée de la pureté absolue. Comment, cette vie souriante, tendrement bourgeonnante, connaîtrait déjà le désir sexuel ou du moins en rêverait ! Cette idée paraît d'abord absurde, démente, criminelle, antilogique même, car les organes de l'enfant n'étant pas aptes à la reproduction, cette formule terrible devait s'ensuivre : « Si l'enfant a une vie sexuelle, elle ne peut donc être que perverse. » Exprimer une telle chose en 1900 équivalait à un suicide scientifique. Pourtant Freud l'exprime. Là où ce chercheur impitoyable sent un terrain solide, il enfonce irrésistiblement jusqu'au bout le foret de son énergie. Et, à sa propre surprise, il découvre dans la forme la plus inconsciente de l'homme, dans le nourrisson, l'image la plus caractéristique de la forme originelle et universelle de l'instinct de jouissance. Précisément parce que là, à l'entrée de la vie, aucune lueur de conscience morale ne descend dans le monde inentravé des instincts cet être minuscule lui révèle le sens primordial et plastique de la libido : attirer la jouissance, repousser le déplaisir. Ce petit animal humain aspire à la jouissance de tout, de son propre corps et de l'ambiance, du sein maternel, du doigt et de l'orteil, du bois et de l'étoffe, du vêtement et de la chair ; sans retenue et grisé de rêve, il veut faire entrer dans son petit corps mou tout ce qui lui fait du bien. À cette phase primitive de la volupté, l'être vague qu'est l'enfant ne distingue pas encore le Moi et le Toi qu'on lui enseignera plus tard, il ne pressent pas les frontières physiques ou morales que lui tracera par la suite l'éducation : c'est un être anarchique, panique, qui, avec une soif inapaisable, veut attirer l'Univers dans son Moi, qui porte tout ce qu'atteignent ses petits doigts à la seule source de volupté qu'il connaisse, à sa bouche qui tète (Freud qualifie cette époque d'orale). Il joue ingénument avec ses membres, totalement dissous dans son désir balbutiant et tétant, et repousse en même temps avec fureur tout ce qui trouble sa satisfaction délirante. Ce n'est que chez le nourrisson, dans le « non encore Moi », dans le « vague Soi » que la libido universelle de l'homme peut s'en donner à cœur joie sans but et sans objet. Là le Moi inconscient tète encore avidement toute la joie aux seins de l'Univers.

Mais cette première phase autoérotique ne dure pas longtemps. Bientôt l'enfant commence à reconnaître que son corps a des limites : une petite lueur jaillit dans le minuscule cerveau, une différenciation s'établit entre le dehors et le dedans. Pour la première fois l'enfant éprouve la résistance du monde et doit constater que cet élément extérieur est une force dont on dépend. La punition ne tarde pas à lui enseigner une loi douloureuse et inconcevable pour lui qui ne lui permet pas de puiser sans limites la jouissance à toutes les sources : on lui interdit de se montrer nu, de toucher ses excréments et de s'en réjouir ; on le force impitoyablement à renoncer à l'unité amorale de la sensation, à considérer certaines choses comme permises et d'autres comme défendues. L'exigence de la culture commence à bâtir dans ce petit être sauvage une conscience sociale et esthétique, un appareil de contrôle, à l'aide duquel il peut classer ses actions en deux groupes : les bonnes et les mauvaises. Du fait qu'il acquiert cette reconnaissance, le petit Adam est chassé du paradis de l'irresponsabilité.

En même temps s'affirme du dedans un certain recul de l'instinct de jouissance, il cède la place, chez l'enfant grandissant, au penchant nouveau de l'auto-découverte. Du « Soi », inconsciemment instinctif, sort un « Moi », et cette découverte de son Moi représente pour le cerveau de l'enfant une tension et une occupation telles que l'instinct de jouissance aux manifestations primitivement paniques en est négligé et n'existe plus qu'en jouissance. Cet état d'auto-occupation ne se perd pas entièrement dans le souvenir de l'adulte, il reste même chez certains sous forme de tendance narcissique, de penchant égocentrique dangereux à s'occuper uniquement du Soi et à repousser tout lien affectif avec l'univers. L'instinct de jouissance qui montre chez le nourrisson sa forme originelle et universelle s'enferme et redevient invisible chez l'adulte. Entre la forme autoérotique et panérotique du nourrisson et l'érotisme sexuel de la puberté, il y a un sommeil hivernal des passions, un état crépusculaire, au cours duquel les énergies et les sèves se préparent à leur affranchissement.

Lorsque à cette deuxième phase, celle de la puberté, de nouveau teintée de sexualité, l'instinct endormi s'éveille peu à peu, lorsque la libido se retourne vers l'univers, lorsqu'elle cherche de nouveau une « fixation », un objet sur lequel elle peut transférer sa tension affective – à ce moment décisif, la volonté biologique de la nature indique énergiquement au novice la voie naturelle de la reproduction. Des transformations flagrantes dans le corps du jeune homme, de la jeune fille nubile, à l'époque de la puberté, leur montrent que la nature se propose là un but. Et ces signes indiquent nettement la zone génitale. Ils signalent la voie que la nature veut voir suivre à l'homme pour servir son intention secrète et éternelle : la reproduction. La libido ne doit plus, comme jadis chez le nourrisson, jouir d'elle-même en s'amusant, mais se soumettre, utilement, au dessein insaisissable de l'univers qui se réalise dans la procréation. Si l'individu comprend cette indication impérieuse de la nature et y obéit – si l'homme se joint à la femme et la femme à l'homme pour l'accomplissement de l'acte créateur – s'il a oublié toutes les autres possibilités de jouissance de son ancienne volupté panique, son développement sexuel a suivi un cours direct et régulier, ses énergies se réalisent dans leur voie naturelle et normale.

Ce « rythme à deux temps » détermine le développement de toute la vie sexuelle humaine, et pour des millions et des millions d'êtres l'instinct de jouissance se conforme sans tension à ce cours régulier : volupté universelle et autojouissance chez l'enfant, besoin de reproduction chez l'adulte. L'être normal sert avec une parfaite simplicité les fins de la nature qui veut le voir obéir exclusivement aux lois métaphysiques de la reproduction. Mais dans des cas isolés, relativement rares – ceux, précisément, qui intéressent le médecin de l'âme – on s'aperçoit qu'un trouble néfaste est venu entraver la saine régularité de ce processus.

Nombre d'humains, pour des raisons particulières à chacun d'eux, ne peuvent se décider à canaliser entièrement leur instinct de jouissance dans les formes recommandées par la nature ; la libido, l'énergie sexuelle, chez eux, cherche pour se dissoudre en volupté une direction autre que la normale. Chez ces anormaux et ces névrosés, par suite d'une rupture du rail de leur vie, le penchant sexuel a été dirigé sur une voie fausse, d'où il n'arrive pas à se dégager. Les pervers ne sont pas, selon la conception de Freud, des êtres chargés d'hérédité, des malades, ni surtout des criminels ; ce sont pour la plupart des hommes qui se souviennent avec une fidélité fatale de certaine forme de réalisation voluptueuse de leur époque prégénitale, d'un événement érotique de leur période de développement et qui, dominés par la hantise de la répétition, ne peuvent chercher la volupté que dans cette direction. Ainsi voit-on dans la vie de malheureux adultes aux désirs infantiles que n'attire pas la réalisation sexuelle jugée naturelle par la société et normale à leur âme ; toujours ils veulent revivre cet événement érotique (retombé chez la plupart depuis longtemps dans l'inconscient) et cherchent dans la réalité un substitut de ce souvenir. Jean-Jacques Rousseau dans son impitoyable autobiographie nous a révélé avec une parfaite maîtrise un cas classique de perversion de ce genre, provoqué par un souvenir de jeunesse. Sa maîtresse qui était très sévère et qu'il aimait secrètement lui donnait souvent et furieusement le fouet ; à la propre surprise de l'enfant, ce châtiment rigoureux infligé par son éducatrice lui causait un plaisir très net. À l'état latent (si admirablement défini par Freud) Rousseau oublie complètement ces scènes, mais son corps, son âme, son inconscient ne l'oublient pas. Et lorsque plus tard l'homme mûr cherche la satisfaction charnelle dans des rapports normaux avec des femmes, il n'arrive jamais à l'accom-

plissement de l'acte physique. Pour qu'il puisse s'unir
à une femme, elle doit d'abord répéter cette flagella-
tion historique ; et c'est ainsi que Jean-Jacques paie
toute sa vie l'éveil précoce et funeste de son affectivité sexuelle dévoyée par un masochisme incurable
qui le ramène toujours, en dépit de sa révolte intérieure, à cette unique forme de volupté qui lui soit
accessible. Les pervers (Freud classe sous ce nom tous
ceux qui cherchent la jouissance par d'autres moyens
que celui qui sert la reproduction) ne sont donc ni
des malades ni des natures obstinément anarchiques,
s'insurgeant consciemment et audacieusement contre
les lois communes, mais des prisonniers malgré eux
enchaînés à un événement de leur prime jeunesse,
enlisés dans l'infantilisme, et dont le désir violent de
vaincre leurs instincts dévoyés fait des névrosés et des
psychosés. Car ni la justice, qui par sa menace plonge
le malade plus profondément encore dans son conflit
intérieur, ni la morale qui en appelle à la « raison »
ne peuvent le libérer de ce joug ; il faut pour cela le
guérisseur d'âmes qui lui fait comprendre, avec une
sympathie lucide, l'événement primitif. Car seule
l'autocompréhension du conflit intérieur – tel est
l'axiome de Freud dans la doctrine psychique – peut
réussir à le supprimer : pour se guérir on doit d'abord
savoir le sens de sa maladie.

Ainsi, selon Freud, tout déséquilibre psychique
découle d'une expérience personnelle, généralement
érotique, et même ce que nous nommons nature et
hérédité ne représente rien d'autre que les événements
vécus par les générations antérieures et absorbés par
les nerfs ; par conséquent, l'événement vécu est pour
la psychanalyse le facteur décisif dans la formation de
l'âme, et elle cherche à comprendre tout homme indi-

viduellement à travers son passé. Pour Freud il n'est pas de psychologie ni de pathologie autres qu'indivi- duelles : dans la vie de l'âme rien ne doit être consi- déré d'après une règle ou d'après un schéma ; chaque fois il faut découvrir les données premières qui sont toujours uniques. Il n'en est pas moins vrai que la plupart des événements sexuels précoces, tout en conservant leur nuance personnelle, montrent cepen- dant certaines formes de ressemblance typique ; de même que d'innombrables individus sont visités par les mêmes formes de rêve (le rêve du vol plané, de l'examen, de la poursuite), Freud croit reconnaître dans la réalisation sexuelle précoce certaines attitudes affectives typiques presque obligatoires et il s'est pas- sionnément attaché à rechercher et à classer ces caté- gories, ces « complexes ». Le plus célèbre – et aussi le plus diffamé – est le complexe dit d'Œdipe, que Freud présente même comme un des piliers fonda- mentaux de son édifice psychanalytique (quant à moi, il ne me paraît pas autre chose qu'un de ces étais qui, une fois la construction terminée, peuvent être suppri- més sans danger). Il a gagné entre-temps une si fatale popularité qu'il est à peine nécessaire d'en donner la définition : Freud suppose que l'affectivité funeste qui se réalise tragiquement dans la légende grecque d'Œdipe, où le fils tue le père et possède la mère – que cette situation, qui nous paraît barbare, existe encore aujourd'hui à l'état de désir dans toute âme infantile ; car – hypothèse la plus discutée de Freud – le premier sentiment érotique de l'enfant vise tou- jours la mère, la première tendance agressive le père. Ce parallélogramme de forces d'amour pour la mère et de haine pour le père, Freud croit pouvoir prou- ver qu'il est le premier groupement naturel et inévi-

table de toute vie psychique infantile et à côté de lui
il place une série d'autres sentiments subconscients
comme la peur de la castration, le désir d'inceste,
etc. – tous sentiments qui ont été incarnés dans les
mythes primitifs de l'humanité. (Car selon la conception culturelle et biologique de Freud, les mythes
et légendes des peuples ne sont rien d'autre que les
rêves-désirs « abréagis » de leur enfance.) Ainsi, tout
ce que l'humanité a depuis longtemps rejeté comme
contraire à la culture, la joie de tuer, l'inceste, le viol,
tous ces sombres égarements du temps des hordes,
tout cela frémit encore une fois du désir de se réaliser dans l'enfance, cette période préhistorique de
l'âme humaine : chaque individu renouvelle symbo-
liquement dans son développement éthique toute
l'histoire de la civilisation. Invisiblement puisque
inconsciemment, nous charrions tous dans notre sang
les vieux instincts barbares, et aucune culture ne pro-
tège complètement l'homme contre les éclairs subits
de ces désirs étrangers à lui-même ; des courants mystérieux de notre inconscient nous ramènent encore
et toujours à ces temps primitifs sans lois ni morale.
Même si nous employons toute notre force à écarter
ce monde des instincts de notre activité consciente,
nous ne pouvons, en mettant les choses au mieux,
que l'amender dans le sens moral et spirituel, mais
jamais nous en détacher complètement.

À cause de cette conception soi-disant ennemie
de la civilisation, qui considère comme vain, dans un
certain sens, l'effort millénaire de l'humanité vers la
domination totale des instincts et souligne sans cesse
l'invincibilité de la libido, les adversaires de Freud
ont traité sa doctrine sexuelle de pan-sexualisme.
Ils l'accusent de surestimer comme psychologue

l'instinct sexuel en lui attribuant une influence aussi
prépondérante sur notre vie psychique et d'exagérer comme médecin en ramenant tout déséquilibre
de l'âme uniquement à ce point de départ et en ne
partant que de lui pour aller vers la guérison. Cette
objection, selon moi, englobe le vrai et l'inexact. Car
en réalité Freud n'a jamais présenté le principe de
jouissance comme la seule force psychique motrice
du monde. Il sait bien que toute tension, tout mouvement – et la vie est-elle autre chose ? – ne découle que
du *polemos*, du conflit. C'est pourquoi, dès le début,
il a théoriquement opposé à la libido, à l'instinct cen-
trifuge tendant à dépasser le Moi et cherchant à se
fixer, un autre instinct, qu'il appelle d'abord instinct
du Moi, ensuite instinct agressif, puis finalement instinct de la mort et qui pousse à l'extinction au lieu
de la reproduction, à la destruction au lieu de la création, au Néant au lieu de la vie. Mais – et sous ce
rapport seul ses adversaires n'ont pas complètement
tort – Freud n'a pas réussi à représenter cet instinct
contraire aussi nettement et avec une force aussi persuasive que l'instinct sexuel : le royaume des instincts
dits du Moi, dans son tableau philosophique de l'univers, est resté assez vague, car là où Freud ne perçoit
pas avec une netteté absolue, c'est-à-dire dans tout le
domaine purement spéculatif, il lui manque la plasticité magnifique de son don de délimitation. Une certaine surestimation du sexuel domine donc peut-être
son œuvre et sa thérapeutique, mais cette insistance
particulière de Freud était historiquement la conséquence de la sous-estimation et de la dissimulation
systématiques de la sexualité par les autres pendant
des dizaines d'années. On avait besoin d'exagération
pour que la pensée pût conquérir l'époque ; en bri-

sant la digue du silence, Freud a surtout ouvert la
discussion. En réalité cette exagération tant décriée
du sexuel n'a jamais constitué de vrai danger, et ce
qu'il pouvait y avoir d'outrancier dans les premiers
moments a vite été corrigé par le temps, cet éternel
régulateur de toutes les valeurs. Aujourd'hui que
vingt-cinq ans se sont écoulés depuis le début des
exposés de Freud, l'homme le plus craintif peut se
tranquilliser : grâce à notre connaissance nouvelle,
plus sincère et plus scientifique du problème de la
sexualité, le monde n'est en aucune façon devenu
plus sexuel, plus érotomane, plus amoral ; la doctrine
de Freud, au contraire, n'a fait que reconquérir une
valeur psychique perdue par la pruderie de la génération antérieure : l'ingénuité de l'esprit devant tout
le physique. Une génération nouvelle a ainsi appris
– et déjà on l'enseigne dans les écoles – à ne plus
éviter les décisions intérieures, à ne plus cacher les
problèmes les plus intimes, les plus personnels, mais,
au contraire, à prendre conscience le plus clairement
possible du danger et du mystère des crises internes.
Toute autoconnaissance équivaut déjà à la liberté
envers soi-même, et il est hors de doute que la nouvelle morale sexuelle, plus libre, se montrera dans la
future camaraderie des sexes autrement créatrice de
moralité que l'ancienne, toute de dissimulation, dont
Freud – mérite indéniable – aura, par sa hardiesse et
son indépendance d'esprit, hâté la disparition définitive. Toujours une génération doit sa liberté extérieure à la liberté intérieure d'un seul individu, toute
science nouvelle a besoin d'un précurseur qui la rend
perceptible aux autres humains.

CHAPITRE VIII

Regard crépusculaire au loin

> Toute vision se change en contempla-
> tion, toute contemplation en réflexion,
> toute réflexion en association, de sorte que
> l'on peut dire que chaque fois que nous
> jetons un regard attentif sur le monde,
> nous faisons déjà de la théorie.
>
> GOETHE.

L'automne est le temps béni de la contemplation.
Les fruits sont récoltés, la tâche achevée : purs et
clairs, le ciel et l'horizon lointain illuminent le paysage
de la vie. Quand Freud, à l'âge de soixante-dix ans,
jette pour la première fois un regard rétrospectif sur
l'œuvre accomplie, il s'étonne sûrement lui-même en
voyant jusqu'où l'a conduit sa voie créatrice.

Un jeune neurologue étudie l'explication de l'hystérie. Plus rapidement qu'il ne le croit, ce problème lui
découvre ses abîmes. Mais là, dans ces profondeurs,
un nouveau problème se présente à lui : l'inconscient.
Il l'examine et il se trouve que c'est un miroir magique.
Quel que soit l'objet spirituel sur lequel il projette sa
lumière, il lui donne un sens nouveau. Ainsi armé d'un
don d'interprétation sans égal, mystérieusement guidé
par une mission intérieure, Freud avance d'une révélation à une autre, d'une vue spirituelle à une nouvelle,
plus vaste et plus élevée – *una parte nasce dall'altra
successivamente*, selon le mot de Léonard de Vinci –

et toutes ces découvertes s'enchaînent naturellement
pour former un tableau d'ensemble du monde psychique. Depuis longtemps sont dépassées les régions
de la neurologie, de la psychanalyse, de l'interprétation des rêves, de la sexualité, et toujours apparaissent
d'autres sciences qui ne demandent qu'à être renou-
velées. Déjà la pédagogie, les religions, la mythologie,
la poésie et l'art doivent aux inspirations du vieux
savant un enrichissement important : du haut de ses
années, c'est à peine s'il peut embrasser du regard les
espaces de l'avenir où atteint la puissance insoupçon-
née de son activité. Comme Moïse du sommet de la
montagne, Freud, au soir de sa vie, découvre encore
un espace infini de terre inculte que pourrait fertiliser
sa doctrine.

Pendant cinquante ans il a suivi intrépidement le
sentier de la lutte, chasseur de mystères et chercheur
de vérités, son butin est incalculable. Que de choses
n'a-t-il pas projetées, pressenties, vues, créées ! Qui
serait à même de dénombrer ses activités dans tous les
domaines de l'esprit ? Il pourrait se reposer, à présent,
le vieil homme. En effet, il éprouve quelque part en lui
le besoin de voir les choses d'un œil plus doux, plus
indulgent. Son regard qui a pénétré, sévère et scrutateur, au fond de trop d'âmes sombres, désirerait maintenant embrasser librement, en une sorte de rêverie
spirituelle, l'image entière de l'univers. Celui qui toujours a labouré les abîmes aimerait contempler les sommets et les plaines de l'existence. Celui qui toute une
vie a sans repos cherché et interrogé en psychologue
essaierait volontiers, à présent, de se donner en philosophe une réponse à soi-même. Celui dont les analyses d'individus isolés ne se comptent plus voudrait
maintenant approfondir le sens de la communauté et

mettre à l'épreuve son art d'interprétation dans une psychanalyse de l'époque.

Elle n'est pas récente, cette tentation de voir le mystère universel exclusivement en penseur, d'en faire une pure vision de l'esprit. Mais la rigueur de sa tâche a interdit à Freud, pendant toute une vie, les tendances spéculatives; les lois de la construction psychique devaient d'abord être expérimentées sur d'innombrables individus avant qu'il osât les appliquer au général. Et il lui semblait toujours, à cet homme par trop conscient de sa responsabilité, qu'il n'était pas encore temps. Mais à présent que cinquante ans d'un labeur infatigable lui donnent le droit de dépasser l'individuel en « rêve-pensée », voici qu'il sort pour jeter un regard au loin et pour appliquer à toute l'humanité la méthode éprouvée sur des milliers d'humains.

Le maître, toujours si sûr de lui, commence cette entreprise avec quelque crainte, quelque timidité. On serait presque tenté de dire qu'il quitte avec remords son domaine des faits exacts pour celui de ce qui ne saurait être prouvé; car il sait, lui qui a démasqué tant d'illusions, combien facilement on cède à des rêves-désirs philosophiques. Jusqu'ici il avait durement repoussé toute généralisation spéculative : « Je suis contre la fabrication de conceptions universelles. » Ce n'est donc pas de gaieté de cœur, avec l'ancienne et inébranlable certitude qu'il se tourne vers la métaphysique – ou, comme il l'appelle plus prudemment, la métapsychologie. Il semble s'excuser devant lui-même de cette entreprise tardive : « Un certain changement dont je ne puis nier les conséquences s'est introduit dans mes conditions de travail. Jadis je n'étais pas de ceux qui ne savent garder secrète une chose qu'ils croient être une découverte, jusqu'à ce qu'elle se trouve corroborée... Mais alors le temps s'étendait, incalculable, devant moi – *oceans of time*, comme dit un aimable poète – et les matériaux affluaient vers moi si nombreux que j'arrivais difficilement à expérimenter tout ce qui m'était offert... Maintenant cela a changé. Le temps devant moi est limité, il n'est pas complètement rempli par le travail, les occasions de faire de nouvelles expériences ne se multiplient plus autant. Lorsque je crois voir quelque chose de neuf, je ne suis plus certain de pouvoir en attendre la preuve. » On le voit : cet homme strictement scientifique sait d'avance qu'il va se poser cette fois toutes sortes de problèmes insidieux. En une sorte de monologue, d'entretien intellectuel avec lui-même, il examine certaines des questions qui lui pèsent sans exiger, sans donner de réponse complète. Ces livres venus sur le tard, *L'Avenir d'une illusion* et le *Malaise dans la civilisation* ne sont peut-être pas aussi nourris que les précédents ; mais ils sont plus poétiques. Ils contiennent moins de science démontrable, mais plus de sagesse. Au lieu du dissecteur impitoyable se révèle enfin le penseur qui synthétise amplement, au lieu du médecin d'une science naturelle exacte l'artiste si longtemps pressenti. C'est comme si, pour la première fois, derrière le regard scrutateur, surgissait l'être humain si longuement dissimulé qu'est Sigmund Freud.

Mais ce regard qui contemple l'humanité est sombre ; il est devenu tel parce qu'il a vu trop de choses sombres ; continuellement, pendant cinquante ans, les hommes n'ont montré à Freud que leurs soucis, leurs misères, leurs tourments et leurs troubles, tantôt gémissant et interrogeant, tantôt s'emportant, irrités, hystériques, farouches ; toujours il n'a eu affaire qu'à des malades, des victimes, des obsédés,

des fous ; seul le côté triste et aboulique de l'humanité
est apparu inexorablement à cet homme durant toute
une vie. Plongé éternellement dans son travail, il a
rarement entrevu l'autre face de l'humanité, sereine,
joyeuse, confiante, la partie composée d'hommes
généreux, insouciants, gais, légers, enjoués, bien por-
tants, heureux : il n'a rencontré que des malades, des
mélancoliques, des déséquilibrés, rien que des âmes
sombres. Sigmund Freud est resté trop longtemps et
trop profondément médecin pour n'en être pas arrivé
peu à peu à considérer toute l'humanité comme un
corps malade. Déjà sa première impression, dès qu'il
jette un regard sur le monde du fond de son cabinet
de travail, fait précéder toutes recherches ultérieures
d'un diagnostic terriblement pessimiste : « Pour toute
l'humanité, de même que pour l'individu, la vie est
difficile à supporter. »

Mot terrible et fatal qui laisse peu d'espoir, soupir
qui monte du tréfonds plutôt que notion acquise. On
se rend compte que Freud s'approche de sa tâche
culturelle et biologique comme s'il s'avançait vers le
lit d'un malade. Accoutumé à examiner en psychiatre,
il croit nettement apercevoir dans notre époque les
symptômes d'un déséquilibre psychique. Comme la
joie est étrangère à son œil, il ne voit dans notre civilisation que le malaise et se met à analyser cette névrose
de l'âme de l'époque. Comment est-ce possible, se
demande-t-il, que si peu de satisfaction réelle anime
notre civilisation, qui cependant a élevé l'humanité
bien au-dessus de tous les espoirs et pressentiments
des générations précédentes ? N'avons-nous pas mille
fois dépassé en nous le vieil Adam, ne sommes-nous
pas déjà plus pareils à Dieu qu'à lui ? L'oreille, grâce à
la membrane téléphonique, n'entend-elle pas les sons

des continents les plus éloignés ; l'œil, grâce au téles-
cope, ne contemple-t-il pas l'univers des myriades
d'étoiles, et, à l'aide du microscope, ne voit-il pas
le Cosmos dans une goutte d'eau ? Notre voix ne
survole-t-elle pas en une seconde l'espace et le temps,
ne nargue-t-elle pas l'éternité, fixée au disque d'un
gramophone ; l'avion ne nous transporte-t-il pas avec
sécurité à travers l'élément interdit au mortel pendant des milliers d'années ? Pourquoi ces conquêtes
techniques n'apaisent-elles pas et ne satisfont-elles
pas notre moi intime ? Pourquoi, malgré cette parité
avec Dieu, l'âme de l'homme n'éprouve-t-elle pas la
vraie joie de la victoire, mais uniquement le sentiment
accablant que nous ne faisons qu'emprunter ces splen-
deurs, que nous ne sommes que des « dieux à pro-
thèses » ? Quelle est l'origine de cette inhibition, de
ce déséquilibre, la racine de cette maladie de l'âme ?
se demande Freud en contemplant l'humanité. Et, gravement, rigoureusement, méthodiquement, comme
s'il s'agissait d'un des cas isolés de sa consultation, le
vieux savant se met en devoir de rechercher les causes
du malaise de notre civilisation, cette névrose psychique de l'humanité actuelle.

On sait que Freud commence toujours une psychanalyse par la recherche du passé : il procède de
même pour celle de la civilisation à l'âme malade en
jetant un regard rétrospectif sur les formes primitives
de la société humaine. Au début Freud voit appa-
raître l'homme préhistorique (dans un certain sens
le nourrisson de la civilisation), ignorant mœurs et
lois, animalement libre et vierge de toute inhibition.
Mû par son égoïsme concentré, que rien n'entrave,
il trouve une décharge à ses instincts agressifs dans
le meurtre et le cannibalisme, à son penchant sexuel

dans le pan-sexualisme et l'inceste. Mais à peine cet homme primitif forme-t-il avec ses pareils une horde ou un clan, qu'il est forcé de se rendre compte qu'il y a des bornes à ses appétits, bornes représentées par la résistance de ses compagnons : toute vie sociale, même au degré le plus bas, exige une limitation. L'individu doit se résigner à considérer certaines choses comme défendues ; on établit des coutumes, des droits, des conventions communes qui entraînent le châtiment pour toute transgression. Bientôt la connaissance des interdictions, la crainte du châtiment, tout extérieures, se déplacent peu à peu à l'intérieur et créent dans le cerveau jusque-là borné et bestial une instance nouvelle, un sur-Moi, un appareil en quelque sorte signalisateur qui avertit à temps de ne pas traverser les rails des mœurs, afin de ne pas être happé par la punition. Avec ce sur-Moi, la conscience, naît la culture et en même temps l'idée religieuse. Car toutes les limites que la nature oppose du dehors à l'instinct humain de jouissance, le froid, la maladie, la mort, la peur aveugle et primitive de la créature ne les conçoit toujours que comme envoyées par un adversaire invisible, par un « Dieu-père », qui a le pouvoir illimité de récompenser et de châtier, un Dieu de terreur auquel on doit servitude et soumission. La présence imaginaire d'un Dieu-père omniscient et omnipotent – à la fois idéal suprême du Moi en tant que représentant de la toute-puissance et image terrifiante en tant que créateur de tous les effrois – tient en éveil la conscience qui refoule l'homme révolté dans ses frontières ; grâce à cet autorefrènement, à cette renonciation, à cette discipline et autodiscipline, commence la civilisation graduelle de l'être barbare. En unissant ses forces primitivement ultra-belliqueuses, en leur

assignant une activité commune et créatrice, au lieu
de les lancer uniquement les unes contre les autres
en des luttes sanglantes et meurtrières, l'humanité
accroît ses dons éthiques et techniques et enlève peu à
peu à son propre idéal, à Dieu, une bonne part de sa
puissance. L'éclair est emprisonné, le froid asservi, la
distance vaincue, le danger des fauves dompté par les
armes ; tous les éléments : eau, air, feu, assujettis peu à
peu à la communauté civilisée. Grâce à ses forces créa-
trices organisées, l'humanité monte toujours plus haut
à l'échelle céleste vers le divin ; maîtresse des sommets
et des abîmes, triomphatrice de l'espace, pleine de
savoir et presque omnisciente, elle, partie de la bête,
peut déjà se considérer comme égale à Dieu.

Mais au milieu de ce beau rêve d'une civilisation
créatrice de bonheur universel, Freud, l'incurable
désillusionniste – absolument comme Jean-Jacques
Rousseau, plus de cent cinquante ans auparavant –
lance la question : pourquoi, malgré cette parité avec
Dieu, l'humanité n'est-elle pas plus heureuse et plus
joyeuse ? Pourquoi notre Moi le plus profond ne se
sent-il pas enrichi, délivré et sauvé par toutes ces victoires civilisatrices de la communauté ? Et il y répond
lui-même, avec sa dureté énergique et implacable :
parce que cet enrichissement par la culture ne nous a
pas été donné gratuitement, mais est payé par une limitation inouïe de la liberté de nos instincts. L'envers de
tout gain de civilisation pour l'espèce est une perte
de bonheur pour l'individu (et Freud prend toujours
le parti de ce dernier). À l'accroissement de civilisation humaine collective correspond une diminution
de liberté, une baisse de force affective pour l'âme
individuelle. « Notre sentiment actuel du Moi n'est
qu'une partie rabougrie d'un sentiment vaste, univer-

sel même, conforme à une parenté plus intime entre le Moi et le monde environnant. » Nous avons trop cédé de notre force à la société, à la collectivité, pour que nos instincts primitifs, sexuel et agressif, possèdent encore leur unité et leur puissance anciennes. Plus notre vie psychique s'éparpille en d'étroits canaux, plus elle perd de sa force torrentielle élémentaire. Les restrictions sociales plus rigoureuses de siècle en siècle racornissent et rétrécissent notre force affective, et « la vie sexuelle de l'homme civilisé notamment en a gravement souffert. Elle fait parfois l'impression d'une fonction en déclin, comme semble avoir diminué le rôle de nos organes, de notre denture et de nos cheveux ». L'âme de l'homme ne se laisse pas tromper : elle sait d'une façon mystérieuse que les innombrables jouissances nouvelles et supérieures parmi lesquelles les arts, les sciences, la technique, essaient quotidiennement de lui faire illusion ; que l'asservissement de la nature et les multiples commodités de la vie lui ont valu la perte d'une autre volupté plus totale, plus farouche, plus naturelle. Quelque chose, en nous, biologiquement caché peut-être dans les labyrinthes du cerveau et que charrie notre sang, se souvient mystiquement de cette liberté suprême liée à notre état primitif : tous les instincts vaincus depuis longtemps par la culture – l'inceste, le parricide, la pansexualité – hantent encore nos rêves et nos désirs. Même en l'enfant soigné et dorloté, mis au monde sans chocs et sans douleurs par la plus cultivée des mères dans le local bien chauffé, éclairé à l'électricité, dûment désinfecté, d'une clinique de luxe, le vieil homme primitif se réveille : il doit reparcourir lui-même à travers les millénaires tous les degrés qui conduisent des instincts paniques à l'autolimitation, il doit revivre et

souffrir en son propre petit corps croissant toute l'évo-
lution de la culture. Ainsi, un souvenir de l'ancienne
autocratie reste indestructible en nous tous, et à certains moments notre Moi éthique a la nostalgie folle
de l'anarchisme, de la liberté nomade, de l'anima-
lité de nos débuts. Dans notre vitalité, la perte et le
profit s'équilibrent éternellement, et plus se creuse
l'abîme entre les limitations toujours plus nombreuses
qu'impose la communauté et la liberté primitive, plus
s'aggrave la méfiance de l'âme individuelle ; elle se
demande si, au fond, elle n'est pas spoliée par le progrès, et si la socialisation du Moi ne la frustre pas de
son Moi le plus profond.

L'humanité réussira-t-elle jamais, continue Freud,
en s'efforçant de percer l'avenir, à maîtriser définitivement cette inquiétude, ce dualisme, ce déchirement
de son âme ? Désorientée, hésitant entre la crainte de
Dieu et la jouissance animale, entravée par les interdictions, accablée par la névrose de la religion, trouvera-
t-elle une issue à ce dilemme de sa civilisation ? Les
deux puissances originelles, l'instinct agressif et l'instinct sexuel, ne se soumettront-elles pas enfin volontairement à la raison morale et ne pourrons-nous
pas, plus tard, définitivement écarter comme superflue l'« hypothèse utilitaire » du Dieu qui juge et qui
châtie ? L'avenir – pour parler en psychanalyste –
surmontera-t-il ce conflit affectif le plus secret en le
mettant à la lumière de la conscience ? S'assainira-t-il
complètement un jour ?

Question dangereuse. Car en se demandant si
la raison pourra devenir maîtresse de notre vie instinctive, Freud se voit acculé à une lutte tragique.
D'une part, on le sait, la psychanalyse nie la domination de la raison sur l'inconscient : « Les hommes,

dit-elle, sont peu accessibles aux arguments de la raison, ils sont mus par leurs instincts », et cependant
elle affirme, d'autre part, « que nous n'avons pas
d'autre moyen que notre intelligence pour dominer
notre vie instinctive ». Comme doctrine théorique la
psychanalyse combat pour la prédominance des instincts et de l'inconscient ; comme méthode pratique
elle voit dans la raison l'unique moyen de salut pour
l'homme et par conséquent pour l'humanité. Depuis
longtemps se cache au fond de la psychanalyse cette
contradiction secrète ; maintenant, proportionnel-
lement à l'ampleur de l'examen, elle s'enfle démesu-
rément : Freud à présent devrait prendre une décision
définitive ; c'est justement ici, dans le domaine philosophique, qu'il devrait se prononcer pour la pré-
pondérance de la raison ou celle de l'instinct. Mais
pour lui, qui ne sait pas mentir et toujours se refuse
à se mentir à lui-même, ce choix est terriblement difficile. Comment conclure ? Le regard bouleversé, le
vieil homme vient de voir confirmer sa théorie de la
domination des instincts sur la raison consciente par
la psychose collective de la guerre mondiale : jamais
on ne s'était rendu compte aussi sinistrement qu'en
ces quatre années apocalyptiques combien est encore
mince la couche de civilisation qui cache la violence
de nos instincts sanguinaires, et comme une seule
poussée de l'inconscient suffit à faire crouler tous les
édifices audacieux de l'esprit et tous les temples de la
morale. Il a vu sacrifier la religion, la culture, tout ce
qui ennoblit et élève la vie consciente de l'homme, à
la jouissance sauvage et primitive de la destruction ;
toutes les puissances saintes et sanctifiées se sont trou-
vées une fois de plus d'une faiblesse enfantine en face
de l'instinct sourd et assoiffé de sang de l'homme pri-

mitif. Et pourtant, quelque chose en Freud se refuse à
reconnaître comme définitive cette défaite morale de
l'humanité. Car à quoi bon la raison, à quoi bon avoir
lui-même servi pendant des décennies la science et la
vérité, si en fin de compte toute prise de conscience
de l'humanité doit quand même rester impuissante
contre son inconscient ? Incorruptiblement honnête,
Freud n'ose nier ni la puissance active de la raison ni
la force incalculable de l'instinct. Aussi, pour finir,
répond-il prudemment à la question qu'il s'est posée –
envisageant ainsi un « troisième royaume » de l'âme –
par un vague « peut-être », « peut-être qu'un jour
très lointain » ; car il ne voudrait pas, après ce tardif
voyage, retourner en lui-même sans la moindre consolation. Il est émouvant d'entendre sa voix toujours si
sévère devenir conciliante et douce, lorsque maintenant, au soir de sa vie, il veut montrer à l'humanité,
au bout de sa route, une petite lueur d'espoir : « Nous
pouvons continuer à dire avec raison que l'intellect
humain est faible en comparaison des instincts. Mais
cette faiblesse est chose singulière ; la voix de l'intellect est basse, mais elle ne cesse pas tant qu'elle ne
s'est pas fait entendre. À la fin, après d'innombrables
échecs, elle y réussit quand même. C'est un des rares
points sur lesquels on peut être optimiste pour l'avenir de l'humanité, mais il ne signifie pas peu de chose
en soi. Le primat de l'intellect se trouve, certes, dans
une région lointaine, mais probablement pas inaccessible. »

Ce sont là des paroles merveilleuses. Mais cette
petite lueur dans l'obscurité vacille pourtant dans un
lointain trop vague pour que l'âme interrogatrice, glacée par la réalité, puisse s'y réchauffer. Toute « pro-
babilité » n'est qu'une mince consolation, et aucun

« peut-être » n'étanche la soif inapaisable de foi en des
certitudes suprêmes. Ici nous nous trouvons devant
la limite infranchissable de la psychanalyse : là où
commence le royaume des croyances intérieures, de la
confiance créatrice, sa puissance finit ; consciemment
désillusionniste et ennemie de tout mirage, elle n'a
pas d'ailes pour atteindre ces régions élevées. Science
exclusive de l'individu, de l'âme individuelle, elle ne
sait rien et ne veut rien savoir d'un sens collectif ou
d'une mission métaphysique de l'humanité : c'est
pourquoi elle ne fait qu'éclairer les faits psychiques et
ne réchauffe pas l'âme humaine. Elle ne peut donner
que la santé, mais la santé seule ne suffit pas. Pour
être heureuse et féconde, l'humanité a besoin d'être
sans cesse fortifiée par une foi qui donne un sens à
sa vie. La psychanalyse ne recourt ni à l'opium des
religions, ni aux extases grisantes des promesses dithy-
rambiques de Nietzsche, elle n'assure ni ne promet
rien, elle préfère se taire que consoler. Cette sincérité
engendrée entièrement par l'esprit sévère et loyal de
Sigmund Freud est admirable sous le rapport moral.
Mais à tout ce qui n'est que vrai se mêle inévitablement un grain d'amertume et de scepticisme, sur tout
ce qui n'est que raison et analyse plane une certaine
ombre tragique. Indéniablement il y a dans la psychanalyse quelque chose qui sape le divin, quelque chose
qui a un goût de terre et de cendres ; comme tout ce
qui n'est qu'humain, elle ne rend pas libre et joyeux ;
la sincérité peut admirablement enrichir l'esprit, mais
jamais satisfaire totalement le sentiment, jamais enseigner à l'humanité à « se dépasser », ce qui est la satisfaction la plus folle, et pourtant la plus nécessaire.
L'homme – qui l'a prouvé plus magnifiquement que
Freud ? – ne peut, même dans le sens physique, vivre

sans rêve, son corps frêle éclaterait sous la pression des sentiments irréalisés ; comment alors l'âme de l'humanité supporterait-elle l'existence sans l'espoir d'un sens plus élevé, sans les rêves de la foi. C'est pourquoi la science peut sans cesse lui démontrer la puérilité de ses créations divines, toujours, pour ne pas tomber dans le nihilisme, sa joie de créer voudra donner un sens nouveau à l'univers, car cette joie de l'effort est déjà en elle-même le sens le plus profond de toute vie spirituelle.

Pour l'âme affamée de croyance, la froide et lucide raison, la rigueur, le réalisme de la psychanalyse n'est pas un aliment. Elle apporte des expériences, sans plus ; elle peut donner une explication des réalités, mais non de l'univers, auquel elle n'attribue aucun sens. Là est sa limite. Elle a su, mieux que n'importe quelle méthode spirituelle antérieure, rapprocher l'homme de son propre Moi, mais non pas – ce qui serait nécessaire pour la satisfaction totale du sentiment – le faire sortir de ce Moi. Elle analyse, sépare, divise, elle montre à toute vie son sens propre, mais elle ne sait pas regrouper ces mille et mille éléments et leur donner un sens commun. Pour être réellement créatrice, il faudrait que sa pensée, qui éclaire et décompose, fût complétée par une autre qui rassemblerait et ferait fusionner – après la psychanalyse, la psychosynthèse – chose qui sera peut-être la science de demain. Quel que soit le chemin parcouru par Freud, plus loin que lui de vastes espaces restent à explorer. Maintenant que l'art d'interprétation du psychanalyste a montré à l'âme les entraves secrètes qui arrêtent son essor, d'autres pourraient lui parler de sa liberté, lui apprendre à sortir d'elle-même et à rejoindre le Tout universel.

CHAPITRE IX

La portée dans le temps

> L'individu qui naît de l'Un et du Mul-
> tiple et qui, dès sa naissance, porte en
> soi tant le défini que l'indéfini – nous ne
> voulons point le laisser s'évanouir dans
> l'illimité avant d'avoir revu toutes ses caté-
> gories de représentations qui font l'inter-
> médiaire entre l'Un et le Multiple.
>
> PLATON.

Deux découvertes d'une simultanéité symbolique
se produisent dans la dernière décennie du XIXᵉ siècle :
à Wurtzbourg, un physicien peu connu, du nom de
Wilhelm Roentgen, prouve par une expérience inattendue la possibilité de voir à travers le corps humain
considéré jusqu'alors comme impénétrable. À Vienne
un médecin aussi peu connu, Sigmund Freud,
découvre la même possibilité pour l'âme. Les deux
méthodes non seulement modifient les bases de leur
propre science, mais fécondent tous les domaines voi-
sins ; par un croisement remarquable, le médecin tire
profit de la découverte du physicien, et celle du médecin enrichit la psychophysique, la doctrine des forces
de l'âme.

Grâce à la découverte grandiose de Freud, dont les
résultats, aujourd'hui encore, sont loin d'être épuisés,
la psychologie scientifique dépasse enfin les limites

de son exclusivité académique et théorique et entre dans la vie pratique. Par elle, la psychologie comme science devient pour la première fois applicable à toutes les créations de l'esprit. Car la psychologie de jadis, qu'était-elle ? Une matière scolaire, une science théorique spéciale, emprisonnée dans les universités et les séminaires, engendrant des livres aux formules illisibles et insupportables. Celui qui l'étudiait n'en savait pas plus sur lui-même et ses lois individuelles que s'il avait étudié le sanscrit ou l'astronomie, et le grand public, par un juste instinct, considérait ses résultats de laboratoire comme sans portée, parce que totalement abstraits. En faisant passer d'un geste décisif l'étude de l'âme du théorique à l'individuel, et en faisant de la cristallisation de la personnalité un objet de recherches, Freud transporte la psychologie scolaire dans la réalité et la rend d'une importance vitale pour l'homme, puisque désormais applicable. À présent seulement la psychologie peut assister la pédagogie dans la formation de l'être humain grandissant ; coopérer à la guérison du malade ; aider au jugement du dévoyé en justice ; faire comprendre les créations artistiques, et, en même temps qu'elle cherche à expliquer à chacun son individualité toujours unique, elle vient en aide à tous. Car celui qui a appris à comprendre l'être humain en lui-même le comprend en tous les hommes.

En orientant ainsi la psychologie vers l'âme individuelle, Freud a inconsciemment délivré la volonté la plus intime de l'époque. Jamais l'homme ne fut plus curieux de son propre Moi, de sa personnalité, qu'en notre siècle de monotonisation croissante de la vie extérieure. Le siècle de la technique uniformise et dépersonnalise de plus en plus l'individu dont il fait

un type incolore; touchant un même salaire par catégorie, habitant les mêmes maisons, portant les mêmes
vêtements, travaillant aux mêmes heures, à la même
machine, cherchant ensuite un refuge dans le même
genre de distraction, devant le même appareil de
T. S. F., le même disque phonographique, se livrant
aux mêmes sports, les hommes sont extérieurement,
d'une manière effrayante, de plus en plus ressem-
blants; leurs villes aux mêmes rues sont de moins en
moins intéressantes, les nations toujours plus homo-
gènes; le gigantesque creuset de la rationalisation fait
fondre toutes les distinctions apparentes. Mais cependant que notre surface est taillée en série et que les
hommes sont classés à la douzaine conformément au
type collectif, au milieu de la dépersonnalisation pro-
gressive des modes de vie, chaque individu apprécie
de plus en plus l'importance de la seule couche vitale
de son être inaccessible et qui échappe à l'influence du
dehors : sa personnalité unique et impossible à reproduire. Elle est devenue la mesure suprême et presque
unique de l'homme, et ce n'est point un hasard si tous
les arts et toutes les sciences servent maintenant si passionnément la caractérologie. La doctrine des types, la
science de la descendance, la théorie de l'hérédité, les
recherches sur la périodicité individuelle s'efforcent de
séparer toujours plus systématiquement le particulier
du général; en littérature la biographie approfondit
la science de la personnalité; des méthodes d'examen
de la physiognomonie intérieure, comme l'astrologie,
la chiromancie, la graphologie, qu'on croyait mortes
depuis longtemps, s'épanouissent de nos jours d'une
façon inattendue. De toutes les énigmes de l'existence
aucune n'importe autant à l'homme d'aujourd'hui que
la révélation de son être et de son propre développe-

ment, que les conditions spéciales et les particularités
uniques de sa personnalité.

Freud a ramené à ce centre de vie intérieure la
science psychique devenue abstraite. Pour la première fois il a développé, en atteignant une grandeur
poétique, l'élément dramatique de la cristallisation
de la personnalité humaine, ce va-et-vient ardent et
trouble de la région crépusculaire entre le conscient
et l'inconscient, où le choc le plus infime engendre les
conséquences les plus vastes, où le passé se rattache
au présent par les enchevêtrements les plus singuliers,
véritable cosmos dans la sphère étroite du sang et du
corps, impossible à embrasser du regard dans son
ensemble et cependant beau à contempler comme une
œuvre d'art dans son insondable conformité aux lois
internes. Mais les lois gouvernant un homme – c'est là
le bouleversement radical apporté par sa doctrine –
ne peuvent jamais être jugées d'après un schéma courant ; il faut qu'elles soient expérimentées, éprouvées
et reconnues de ce fait comme valeurs uniques. On ne
peut pas comprendre une personnalité au moyen d'une
formule rigide, mais uniquement et exclusivement par
la forme de son destin, découlant de sa propre vie :
c'est pourquoi toute cure médicale, toute aide morale
suppose avant tout chez Freud le savoir et notamment un savoir affirmatif, sympathisant et par là vraiment intuitif. Le commencement obligatoire de toute
science et de toute médecine psychique est pour lui le
respect de la personnalité, ce « mystère révélé », selon
le sens goethéen ; ce respect, Freud, comme personne
d'autre, a enseigné à le révérer en tant que commandement moral. Par lui seul des milliers et des centaines
de milliers d'êtres ont compris pour la première fois la
fragilité de l'âme, en particulier de l'âme infantile ; à la

vue des blessures dévoilées par lui, ils ont commencé à se rendre compte que tout geste grossier, toute intervention brutale (il suffit parfois d'un seul mot) dans cette matière super-délicate, douée d'une force mystérieuse de ressouvenance, peut détruire un destin ; que, par conséquent, toute menace, interdiction, punition ou correction irréfléchie charge son auteur d'une responsabilité inconnue jusqu'ici. Le respect de la personnalité, même dans ses erreurs, c'est ce que Freud a introduit toujours plus profondément dans la conscience d'aujourd'hui, à l'école, à l'église, au tribunal, ces refuges de la rigueur ; par cette vision meilleure des lois psychiques il a propagé dans le monde une délicatesse et une indulgence plus grandes. L'art de se comprendre mutuellement, le plus important dans les relations humaines, et celui qui est de plus en plus nécessaire entre les nations, le seul en somme qui puisse nous aider dans la construction d'une humanité supérieure, cet art n'a profité d'aucune méthode actuelle ayant trait au domaine de l'esprit autant que de la doctrine freudienne de la personnalité ; grâce à Freud on s'est rendu compte pour la première fois dans un sens nouveau et actif de l'importance de l'individu, de la valeur unique et irremplaçable de toute âme humaine. Il n'y a pas en Europe, dans tous les domaines de l'art, de l'étude, des sciences vitales, un seul homme important dont les conceptions ne soient directement ou indirectement, bon gré, mal gré, influencées d'une manière créatrice par les idées de Freud : partout cet homme isolé a atteint le centre de la vie – l'humain. Et tandis que les spécialistes continuent à ne pas pouvoir s'incliner devant le fait que cette œuvre n'est pas rigoureusement conforme aux règles de l'enseignement médical, philosophique ou autre, tandis que les savants officiels disputent encore furieusement à propos de détails et de finalités, la théorie de Freud a fait depuis longtemps ses preuves et s'est montrée irréfutablement vraie – vraie dans le sens créateur, selon le mot inoubliable de Goethe : « Seul ce qui est fécond est vrai. »

Sur le cercueil de Sigmund Freud

26 septembre 1939. Crématorium de Londres

Permettez-moi, face à ce glorieux cercueil, de prononcer quelques mots de reconnaissance émue au nom de ses amis viennois, autrichiens et du monde entier, dans cette langue que par son œuvre Sigmund Freud a enrichie et ennoblie de façon si grandiose. Il convient avant toute chose que nous prenions conscience que nous, réunis ici par un deuil commun, nous sommes en train de vivre un instant historique, et cela le destin n'accordera certainement à aucun d'entre nous la possibilité de le revivre. Ne l'oublions pas : pour les autres mortels, pour presque tous, à la minute même où le corps se refroidit, leur existence, leur présence parmi nous s'efface à jamais. En revanche, pour celui que nous avons mis en bière, pour cet être rare, exceptionnel, au sein de notre époque désespérante, la mort n'est qu'une apparition fugitive, quasi inexistante. Ici le départ du monde des vivants n'est pas une fin, une conclusion brutale, c'est simplement une douce transition de la condition de mortel à celle d'immortel. Si nous pleurons aujourd'hui cette part périssable que fut son enveloppe charnelle, une autre part de lui-même, ce qu'il fut, son œuvre, demeure impérissable. Nous tous dans cette pièce qui sommes encore en vie, qui respirons, parlons, écoutons, nous tous ici, nous sommes spirituellement mille fois moins vivants que ce mort immense dans l'étroitesse de son cercueil.

Ne vous attendez pas à ce que je fasse devant vous
l'éloge de ce que Sigmund Freud a accompli dans sa
vie. Vous connaissez ses travaux, qui ne les connaît
pas ? Qui de notre génération n'a pas été intérieurement façonné, métamorphosé par eux ? Bien vivante,
cette merveilleuse découverte de l'âme humaine est
devenue une légende impérissable dans toutes les
langues, et ce au sens le plus littéral, car quelle langue
pourrait désormais se passer, se priver des concepts,
des mots qu'il a arrachés au crépuscule de la semi-
conscience ? Les mœurs, l'éducation, la philosophie,
la poésie, la psychologie, toutes les formes sans exception de création intellectuelle et artistique, d'expression de l'âme, ont été depuis deux, trois générations
enrichies, bouleversées par lui plus que par nul autre
au monde. Même ceux qui ne savent rien de son œuvre
ou qui se défendent contre ses conclusions, même ceux
qui n'ont jamais entendu son nom sont, à leur insu,
ses débiteurs et sont soumis au pouvoir de son esprit.
Sans lui, chacun de nous, hommes du XXe siècle, aurait
une manière différente de penser, de comprendre ;
sans l'avance qu'il prit sur nous, sans cette puissante
impulsion vers l'intérieur de nous-mêmes qu'il nous
a donnée, chacun de nous aurait des idées, des juge-
ments, des sentiments plus bornés, moins libres,
moins équitables. Et partout où nous essaierons de
progresser dans le labyrinthe du cœur humain, son
intelligence continuera à éclairer notre route. Tout ce
que Sigmund Freud a créé et annoncé, découvreur et
guide à la fois, demeurera à l'avenir auprès de nous ;
seul nous a quittés l'homme lui-même, l'ami précieux,
irremplaçable. Tous sans distinction, en dépit de nos
différences, nous n'avons, je crois, rien tant souhaité
dans notre jeunesse que de voir une fois, en chair et en

os, devant nous, ce que Schopenhauer nomme la plus haute forme de l'existence : une existence morale, une destinée héroïque. Enfants, nous avons tous rêvé de rencontrer un jour un tel héros de l'esprit, au contact duquel nous pourrions nous former, nous élever, une personne indifférente aux sirènes de la gloire et de la vanité, responsable, dévouée exclusivement, de toute son âme, à sa tâche, une tâche non pas égoïste mais au service de l'humanité entière. Ce rêve exalté de nos premières années, cette exigence de plus en plus rigoureuse de notre maturité, le défunt les a réalisés de façon inoubliable par sa vie, et il a ainsi offert à notre esprit une chance sans pareille. Enfin il était là au sein d'une époque futile et oublieuse : imperturbable, en quête de la vérité pure, n'accordant d'importance en ce monde qu'à l'absolu, aux valeurs durables. Enfin il était là, sous nos yeux, devant nos cœurs pleins de respect, le chercheur sous sa forme la plus noble, la plus accomplie, en proie à son éternel conflit : prudent, soumettant chaque point à un examen soigneux, réfléchissant sept fois et doutant de lui tant qu'il n'était pas certain de ce qu'il avait trouvé – mais prêt, dès qu'il avait acquis de haute lutte une conviction, à affronter le monde entier pour la défendre. Son exemple nous l'a appris, l'a montré une fois de plus à notre époque : il n'est sur terre de courage plus merveilleux que celui, libre, indépendant, de l'intellectuel. Nous garderons toujours présent à la mémoire le courage dont il fit preuve pour parvenir à des découvertes auxquelles d'autres n'aboutirent pas parce qu'ils *n'osaient pas* les faire – voire seulement les formuler, les reconnaître. Il n'a, lui, cessé d'oser, inlassablement, seul contre tous, s'aventurant dans des terres vierges jusqu'à son dernier jour. Quel modèle pour nous qu'une telle audace

intellectuelle dans la guerre pour la connaissance que
livre éternellement l'humanité !

Mais, nous qui le connaissions, nous savons également que cette recherche hardie de l'absolu s'alliait à
une modestie ô combien émouvante et que cette âme
merveilleusement forte était en même temps la plus
compréhensive pour toutes les faiblesses psychiques
des autres. De cette profonde dualité – rigueur de
l'esprit, générosité du cœur – naquit au terme de son
existence l'harmonie la plus parfaite que l'on puisse
atteindre dans l'univers spirituel : une sagesse sans
faute, limpide, automnale. Tous ceux qui l'ont fré-
quenté au cours de ses dernières années le quittaient
rassérénés à l'issue d'une heure de conversation fami-
lière avec lui sur la folie et l'absurdité de notre monde,
et j'ai souvent souhaité, à de tels moments, qu'il soit
donné à des jeunes gens, à de futurs adultes, d'être là
afin que, lorsque nous ne pourrons plus témoigner de
la grandeur d'âme de cet homme, ils puissent encore
proclamer avec fierté : j'ai vu un véritable sage, j'ai
connu Sigmund Freud.

Une consolation nous est accordée en cette heure :
il avait accompli son œuvre et était parvenu à l'accomplissement de son être. Maître de l'ennemi originel
de la vie, la douleur physique, par la constance de
l'esprit, la longanimité, maître dans le combat mené
contre ses propres souffrances, tout comme il le fut,
sa vie durant, dans la lutte contre celles d'autrui, il
fut une figure exemplaire de la médecine, de la philosophie, de la connaissance de soi, jusqu'à l'amertume
de la fin. Sois remercié d'avoir été un tel modèle, ami
cher et vénéré, et merci pour ta vie magnifique et
féconde, merci pour chacune de tes actions et de tes
œuvres, merci pour ce que tu as été et pour ce que tu

as semé de toi en nos âmes, merci pour les mondes que tu nous as ouverts et qu'à présent nous parcourons seuls, sans guide, à jamais fidèles, vénérant ta mémoire, Sigmund Freud, toi l'ami le plus précieux, le maître adoré.

Table

Table

Les essais de Stefan Zweig
au Livre de Poche

Kleist, Hölderlin, Nietzsche : trois destinées fulgurantes et sombres, en proie à l'excès, à la démesure, à la folie. Stefan Zweig rapproche ici ces figures animées par un même mouvement intérieur. Pour ces errants, à peu près ignorés de leur vivant, la pensée ou la création ne peuvent naître que dans le corps à corps avec un démon intérieur qui fait d'eux les fils de Dionysos, déchiré par ses chiens.

Conscience contre violence n° 31947

Stefan Zweig finit de rédiger ce texte prémonitoire en 1936 : il nous raconte le conflit qui opposa Sébastien Castellion (1515-1563), partisan de la tolérance, à Jean Calvin (1508-1564), le théologien. Le rapprochement entre la ville de Genève au XVIᵉ siècle et l'Allemagne nazie s'impose d'emblée au lecteur.

Émile Verhaeren n° 13700

C'est en 1910 que Stefan Zweig publie ces pages consacrées au célèbre poète belge, auteur des *Villes tentaculaires*. Par-dessus tout, Verhaeren lui apparaît comme une des grandes voix qui incarnent l'Europe.

Érasme. Grandeur et décadence d'une idée n° 14019

D'Érasme de Rotterdam, on ne connaît plus guère que ses portraits et une œuvre, *Éloge de la folie*, associée à un mot : l'humanisme. De cette figure marquante de la Renaissance, Stefan Zweig nous donne ici un portrait qui lui restitue toute sa dimension. Publié en 1935, cet essai reflétait ses préoccupations, dans une Europe en proie aux totalitarismes et bientôt à la guerre.

Essais   La Pochothèque

Les secrets de la création artistique : Trois maîtres / Le Combat avec le démon / Trois poètes de leur vie / La Guérison par l'esprit / Le Mystère de la création artistique. *L'héritage européen* : Érasme / Montaigne / Parole d'Allemagne / Le Monde sans sommeil / Aux amis de l'étranger / La Tour de Babel / Allocution / Pour la *Freie Tribune* Paris / En cette heure sombre.

Fouché   nº 14796

Stefan Zweig nous donne ici un saisissant portrait de ce personnage en qui il voit la première incarnation d'un type politique moderne : l'homme de l'ombre, manipulateur, actionnant en coulisses les mécanismes du pouvoir réel.

La Guérison par l'esprit   nº 4338

À travers trois figures historiques (le magnétiseur Mesmer, Mary Baker-Eddy, qui prétend guérir par l'extase de la foi, et Freud) Zweig nous convie à une réflexion fondamentale sur les pouvoirs de l'esprit.

Hommes et destins   nº 14918

Saisir les traits essentiels d'une personnalité, concentrer en quelques pages le sens d'une destinée : c'est en quoi excelle Stefan Zweig, autant qu'à travers ses essais ou ses grandes biographies. Vingt-deux portraits, articles de journaux, préfaces, textes écrits à l'occasion d'un décès ou d'un anniversaire.

Magellan n° 32491

En 1518, un Portugais du nom de Magellan convainc le roi d'Espagne, Charles Quint, d'un projet fou : « Il existe un passage conduisant de l'océan Atlantique à l'océan Indien. Donnez-moi une flotte et je ferai le tour de la terre en allant de l'est à l'ouest. » Partie en 1519, l'expédition reviendra trois ans plus tard, disloquée mais victorieuse.

Marie-Antoinette n° 14669

Vilipendée par les uns, sanctifiée par les autres, l'« Autrichienne » Marie-Antoinette est la reine la plus méconnue de l'histoire de France. Il fallut attendre Stefan Zweig, en 1933, pour que la passion cède à la vérité.

Marie Stuart n° 15079

Marie Stuart est un des personnages les plus romanesques de l'histoire. Sur cette figure fascinante et controversée de l'histoire britannique, Stefan Zweig a mené une enquête rigoureuse. Ce récit passionné nous la restitue avec ses ombres et ses lumières, ses faiblesses et sa grandeur.

Pays, villes, paysages n° 14458

Voyageur fortuné, écrivain célèbre, proscrit de l'Autriche nazie : tout au long de son existence, Stefan Zweig a parcouru le monde, avide de comprendre les civilisations et les cultures, soucieux de frayer la voie à un nouvel humanisme. Dans ces récits, écrits entre 1904 et 1939, on trouve le reflet de cette passion et de cette espérance.

Romain Rolland n° 15591

C'est une biographie en forme d'hommage que Stefan Zweig consacre en 1920 à Romain Rolland. Hommage à un ami, puisque les deux hommes ont entretenu une longue correspondance, mais surtout à celui que Zweig présente comme un de ses « maîtres intellectuels », un guide aux accents parfois prophétiques, une conscience.

Trois maîtres n° 13628

Stefan Zweig est fasciné par les grandes aventures de l'esprit humain, qu'elles le mènent vers la pensée, l'absolu, l'idéal ou la folie. C'est de la création romanesque que nous parle ici le grand écrivain autrichien, à travers Balzac, Dostoïevski et Dickens.

Trois poètes de leur vie n° 4339

« Poètes de leur vie », Casanova, Stendhal et Tolstoï le furent en recréant littérairement leur existence, en se prenant eux-mêmes comme matériau de leur œuvre. Ces trois tentatives, qui reflètent autant de tempéraments, de ressaisir le temps et le destin sont revécues de l'intérieur par le grand écrivain autrichien.

PAPIER À BASE DE
FIBRES CERTIFIÉES

Le Livre de Poche s'engage pour
l'environnement en réduisant
l'empreinte carbone de ses livres.
Celle de cet exemplaire est de :
300 g éq. CO_2
Rendez-vous sur
www.livredepoche-durable.fr

Composition réalisée par DATAGRAFIX

———————————

Achevé d'imprimer en France par
CPI BUSSIÈRE (18200 Saint-Amand-Montrond)
en juin 2020
N° d'impression : 2050672
Dépôt légal 1re publication : mai 2010
Édition 12 - juin 2020
LIBRAIRIE GÉNÉRALE FRANÇAISE
21, rue du Montparnasse – 75298 Paris Cedex 06

HIRONI UEHARA